Nach Stich und Faden

GESCHICHTEN AUS DER NÄHMASCHINENFABRIK

1952 - 1992

Klaus Irmscher

Titeldesign: Katharina Gerlach
Titelbild Hintergrund: frenta, Pixabay
Titelbild Vordergrund: giftpundits, Depositphoto
alle Fotos: KlausIrmscher
Verlag: BoD · Books on Demand GmbH, Überseering 33, 22297 Hamburg, bod@bod.de
Druck: Libri Plureos GmbH, Friedensallee 273, 22763 Hamburg

ISBN: 978-3-8192-0068-7

Information zum Programm des Musikers finden Sie auf seiner Homepage:
http://www.Klaus-Irmscher.de

Nach und Stich Faden

GESCHICHTEN AUS DER NÄHMASCHINENFABRIK
1952 – 1992

Klaus Irmscher

ÜBER KLAUS IRMSCHER

Als gelernter Maschinenschlosser und studierter Wirtschafts-ingenieur, sammelte Klaus Irmscher unter anderem Erfah-rungen als Arbeitsvermittler, Außendienstler, Erfinder und Kammerjäger.

Bereits in seiner Jugend in Mölln stand er auf der Bühne - als Rockgitarrist. Er ist seit 1971 Liedermacher und hat bei der Münchener Kleinkunstbühne KEKK mitgearbeitet. Von 1989 bis 1992 machte er eine Schauspielausbildung und wurde für den Sommer 1990 in Japan engagiert.

Seit 1994 tritt er mit seinen Liedern regelmäßig in ganz Deutschland auf und begeistert sein Publikum. Von 2005 bis 2009 war er auch Mitglied der Gruppe Liederjan.

VON KLAUS IRMSCHER ERSCHIENEN:

CD 1	Mittendazwischen (vergriffen)	1998
CD 2	Der mit dem Koi schwimmt	2005
CD 3	Das Kurschattenkabinett	2009
CD 4	Genarrt, geäfft, geEulenspiegelt	2010
CD 5	Davon kann ich ein Lied singen	2016
CD 6	Leven un nich spöken	2019

Genarrt, geäfft, geEulenspiegelt ISBN 978-3-73922-448-0
Mein Reim drauf   ISBN 978-3-75785-413-3

Weitere Informationen: www.Klaus-Irmscher.de

INHALTSVERZEICHNIS

VORWORT

Wenn ich anfange, von der Nähmaschinenfabrik meines Großvaters zu erzählen, dann kann ich nicht mehr aufhören, dann rede ich wie ein Buch. Also dachte ich mir: Schreib ich doch ein Buch über diese Fabrik, in der ich von 1966 bis 1969 Maschinenschlosser gelernt habe.

Ich fing an, die Döntjes einzusammeln, die abrufbereit in meiner Erinnerung lagerten, und bald entstand aus lauter kurzen Geschichten die Geschichte der Paul Irmscher OHG Spezialnähmaschinenfabrik in Mölln.

I. SPÄNE UND PLÄNE
1952 – 1965 VOR DER LEHRE

Achtung nach der Eisentür!
die Luftpartikel beißen hier
es ballt sich – krallt dich – knallgewaltig
die Luft dampft donnerwetterhaltig
doch schafft man's, näher hinzulinsen
merkt man dies stille dreck'che Grinsen
von hier, wo man dem Schnabel nach
in Schleswig-Holstein Sächsisch sprach
in'n Fuffz'chr – Sechz'chr – Siebz'chr Jahr'n
da, wo se hier zägange war'n
in dor Fabrik nach Stich und Faden
dass se vorankomm' mit ihr'm Laden.
Vom Nähmaschinenwerk in Mölln
werd'ch eich ä biddl Zeich* arzähl'n

ein bisschen Zeug

RAPEPSEN UND BETÄUBUNGSBIER

Es brummt und schnurrt, es sirrt und kreischt in meinen Ohren, als ich durch die Bürotür der Fabrik nach draußen gehe. Die sächsische Nähmaschinenfabrik in Mölln, östlich von Hamburg, schrappt, schruppt und schreit ihre schrägen Spanabhub-Akkorde in die vom Regenguss frisch gewaschene Morgenluft hinaus. Die Fabrik gehört meinem Großvater und seinem Kompagnon. Als sie hier 1952 anfingen, Industrienähmaschinen zu bauen, war ich knapp drei Jahre alt. Ich erinnere mich, wie ich rund vier Jahre alt mit fünf Pfennig in der Hosentasche vor zum Kiosk an der Klaus-Groth-Straße spaziere, um das Geld in eine Lakritzschnecke zu verwandeln.

Wieder draußen fange ich an, genüsslich auf meinem Suchtstoff herumzukauen – da kurbelt neben mir ein Autofahrer sein Fenster runter und fragt: „Sag mal, mein Jung, wo is' denn der Brunsplatz? Gibt's den überhaupt?? Ich seh gar kein Schild!"

„Der is hier", sag ich. „Den gibt's einfach – ohne Schild."

Er kurbelt die Scheibe wieder hoch und fährt auf den Platz. Da kommt eine „Rapepse" die Straße entlang getuckert. So nenne ich die dreirädrigen Zweitakt-Automobile, die mit ihrem „Rapeps-Rapeps-Rapeps"-Geräusch zum Straßensound der Fünfzigerjahre beitragen.

Auf der Suche nach anderen Kindern, mit denen ich spielen kann, gehe ich zurück auf den unbeschilderten Platz im schiefen Viereck zwischen Brauerstraße, Klaus-Groth-Straße, Wasserkrüger Weg und Otto-Garber-Weg. Letzterer wurde erst später angelegt – und zugeparkt.

An der halbrunden Wellblech-Baracke, dem AOK-Büro, entlang, vorbei an der aus allen Türritzen dampfenden Wäscherei und dem Versicherungsbüro an der Ecke, wo der Autofahrer von eben unsicher anklopft, bin ich gegenüber von Opas Fabrik vor der Tür der Turnhalle angekommen. Sechstklässlerinnen trudeln zum Sportunterricht ein. Eines

der großen Mädchen sieht mich, ruft: „Ooooh, ist der süüüüß!" nimmt mich bei der Hand und führt mich zwischen ihren Klassenkameradinnen in die Turnhalle rein. Das passiert mir hier öfters – ich geh auch gern mit den netten großen Mädchen mit – aber wie das Amen in der Kirche schmeißt mich die strenge Lehrerin jedes Mal sofort wieder raus.

Und da bin ich auch schon am anderen Ende der Fabrik. Mal gucken, ob in der Schrottkiste interessante Ausschussteile liegen. Manchmal gibt's da tolle Sachen – sowas als Spielzeug hat nicht jeder. Ich treffe ein paar Kinder aus der Nachbarschaft. Wir klettern auf den Kohlenbunker, der hier aus dem Boden ragt. Die Großen helfen dabei den Kleinen. Irgendwann hab ich es alleine geschafft: Fuß auf die Türklinke setzen, in die kleine Grube auf dem Dach greifen und schwupp – nach oben hangeln. Und dann ist da ja noch die ganz tolle Spielzeugsammlung: Das Materiallager der Baufirma Mundt gleich hier hinter dem Maschendrahtzaun. Also nichts wie rüber. Aus den Ziegelsteinen, Brettern und Eisenmatten bauen wir Häuser und Türme. Heinz und Ernst Ottschowski, die beiden Söhne des Adventisten-Pfarrers, die auch hier am Brunsplatz wohnen, gehen schon ans Werk. Sie schichten graue, gelbe und rote Ziegelsteine zu einem Turm auf, so hoch wie sie selber. Ob der Turm zu Babel, von dem ihre Mutter uns bei der Kinderbibelstunde in ihrer Küche erzählt hat, auch so aussah? Jetzt schmeißen sie Steine unten gegen den Turm, bis der filmreif umkippt. Dabei werfen wir immer ein wachsames Auge auf das Eingangstor zum Materiallager. Wenn der Verwalter kommt, dann nichts wie weg! Wer Pech hat, kriegt eine geknallt.

Jetzt tönt aus der Fabrik ein metallisches Bim-Bim-Bim-Bim. Jemand hat mit einer langen, dicken Schraube auf eine zwei Hände große Eisenplatte geschlagen, die an einem Balken neben der Treppe zum Oberen Saal hängt: Mittagspause! Die Schrapp- Kreisch- und Brummtöne der Maschinen schmieren langsam ab, bis sie stufenlos verstummt sind. Ich gehe durch die Bürotür ins Fabrikgebäude, wo meine Oma uns in der Küche mit dem Mittagessen erwartet.

Die Nachbarskinder

Da sitzen wir beieinander, mein Großvater Paul Irmscher, Jahrgang 1891, seine Frau Gertrud, meine Oma, Jahrgang 1893, ihre Tochter Käthe, meine Mutter, geboren 1921, zuständig für Finanzen und Versand und ihre drei Jahre jüngere Schwester Elvi, die sich um die technische Organisation kümmert. Zur anderen sächsischen Familie gehören „dor Meester" – das ist der Betriebsleiter und Teilhaber Herbert Müller – seine Frau Dora und ihre drei jugendlichen Töchter Renate, Inge und Christine. Sie alle kommen aus Burgstädt, einer Kleinstadt bei Chemnitz in Sachsen. Dort gehörte meinem Großvater eine Hälfte der Nähmaschinenfabrik seines älteren Bruders. Der Müller-Herbert hatte in diesem Betrieb Schlosser gelernt und sich später zum Meister qualifiziert. 1949 wurde mein Großvater enteignet und wegen angeblicher „Wirtschaftsdelikte" für eineinhalb Jahre eingesperrt.

Nun findet man sich im Westen wieder. Mein Opa kennt die Kunden, und Meister Müller hat die gesamte Fertigung im Kopf. So gründen sie in der Eulenspiegelstadt Mölln ihre eigene neue Firma, die wie der Betrieb in Burgstädt Häkelmaschinen, Deckensäummaschinen und Neun-Faden-Flachnahtmaschinen – sogenannte „Flatlocks" – herstellt.

In seinen besten Zeiten beschäftigt der Betrieb rund fünfundzwanzig Mitarbeiter.

Alle haben ein bisschen ein Auge darauf, was ich immer so treibe; dadurch ist meine Mutter nicht völlig „alleinerziehend" – Familienbetrieb macht's möglich. Bis 1957 wohnen wir hier in Nebenräumen der Fabrik. Irgendwann fällt mir auf: Andere Kinder haben einen Vater, aber ich hab keinen – das heißt: Ich weiß nicht, wer mein Vater ist. Wenn ich meine Mutter danach frage, weicht sie aus; manchmal sagt sie gar nichts, sie schaut dann nur ins Leere – und die nächsten fünf Minuten sagt niemand etwas …

Nach der Mittagsruhe gibt mir meine Oma einen Kochtopf voller Kartoffelschalen und sagt: „Glaus, bring ämal die Gardofflschaln zur Frau Ottschowski für ihre Hühner." Ich liefere das „Hühnerfutter" bei der Pfarrersfrau ab und schaue auf dem Rückweg noch in der Fahrradwerkstatt von „Onkel Meski" vorbei. Eigentlich heißt er „Hamerski", aber ich habe seinen Namen als „Herr Meski" verstanden. Die Fensterscheiben seiner Werkstatt lassen kaum einen Lichtstrahl durch vor lauter Schmutz. Vater und Sohn arbeiten in dieser düsteren Höhle. „Onkel Meski" Senior werkelt gerade an einer Konstruktion aus dünnem Gestänge. Als ich ihn frage: „Was is'n das?" stößt er laut-heiser hervor: „Ne Atombombe!"

Im Radio habe ich das Wort schon gehört; die Erwachsenen reden manchmal darüber, aber ich weiß damals noch nicht, um was es sich handelt. „Onkel Meski" fragen bringt wenig. Der antwortet immer einsilbig und in Rätseln. Ich verabschiede mich von den „Meskis", gehe ein kurzes Stück die Klaus-Groth-Straße entlang und biege am Kiosk ab. Hier treffen sich nachmittags Männer aus der Nachbarschaft zum Betäubungsbier. Von denen erfahre ich bestimmt nicht, was

'ne Atombombe ist. Die veralbern mich bloß, wenn ich sie
was frage. Und überhaupt will ich jetzt diesen Kochtopf
loswerden – also – ohne Umweg nach Hause! Was das für
'ne Bombe ist, das frag ich mal Frau Ottschowski. Vielleicht
haben sie damit den Turm zu Babel kaputtgemacht.

WUMMERSIGNALE

Nachmittags im Büro: KLACKA-TACKA-TACKA-TACKA-TACK-PLING-RATSCH! Mein Opa hämmert einen Brief auf Englisch in die Schreibmaschine. Meine Mutter liest eine Ersatzteilbestellung, und ich bestaune die weitgereiste Briefmarke auf dem farbenfrohen Luftpostumschlag. Von oben wummert es dreimal laut. Der Meister hat mit einer großen Keule aus zusammengenagelten Brettern Signal gegeben, dass er etwas braucht. Der Notbehelf für das nicht vorhandene Haustelefon. Meine Mutter setzt sich in Bewegung – einmal durch den ganzen Betrieb – um zu erfahren, was der Meister braucht. Nach einer Weile kommt sie zurück, nimmt eine Garnspule aus einem Lagerregal und sagt zu mir: „Bring die mal nauf zum Onkel Herbert."

„Onkel Herbert", „dor Meester", oder auch „dor Müller-Harbert", sitzt in der am weitesten entfernten Ecke der Fabrik. Also mache ich mich auf die „Reise" durch das dünnwandige Nachkriegsgebäude. Als ich gerade die Schwingtür zum Unteren Saal aufdrücken will, sehe ich durch das einglasige Sprossenfenster, dass draußen ein Mercedes hält. Ein Mann steigt aus – er scheint unser Büro anzusteuern. Wer das wohl ist?? Also schnell meinen Auftrag erledigen und zurück ins Büro.

Durch die Schwingtüre gehe ich in den Unteren Saal, auf dessen Betonfußboden die schweren Werkzeugmaschinen stehen – gleich nach der Tür rechts die Flächenschleifmaschine und links das große Bohrwerk. Fräsmaschinen und Drehbänke knirschen sich rechts und links durch die Werkstoffe. Ich bin am hinteren Ende des Saales bei den Toiletten, der Heizungsanlage und dem Fabrik-Eingang angelangt, steige die Holztreppe zum Oberen Saal hoch – dort, wo die leichteren Gerätschaften versammelt sind. Vorbei an der Werkzeug- und Vorrichtungsausgabe und den Umkleideräumen biege ich nach rechts ab, vorbei am Schweißer-Platz und den Schraubstöcken der Schlosserei an der Fensterfront entlang. Dort im hintersten Eck des Oberen Saales sitzt der Meister. Ich gebe ihm die Garnrolle, mit der er gleich eine fertig montierte Nähmaschine einstellen und einnähen will. Manchmal tüftelt er hier auch an einem Spezialauftrag. Für ihn ist der Weg zum Büro etwas beschwerlich. In jungen Jahren hatte er bei einem Motorradunfall den rechten Fuß verloren. Seitdem trägt er eine Unterschenkel-Prothese, mit der er laufen, Fahrrad und Auto fahren kann. Und nun schnell zurück ins Büro – ich will doch wissen, wer dieser Mann mit dem Mercedes ist!

Und das Wummersignal – wird in den späteren Fünfzigerjahren von einer Haustelefonanlage abgelöst. Alle atmen auf: Die Rennerei halbiert sich.

DER BESONDERE KUNDE

Ein Kunde aus alten Zeiten, der seine Strickerei nun seit sieben Jahren in Hamburg-Ottensen betreibt, ist aus dem Mercedes ausgestiegen und unterhält sich im Büro mit meinem Großvater.

Es ist Arthur Bartsch, geboren 1910 in Lodsch in Polen, der dort schon als junger Mann Strickwaren herstellt. 1929 besucht er bei einer Geschäftsreise nach Deutschland auch die Irmscher'sche Nähmaschinenfabrik in Burgstädt. Es gibt noch ein Foto von ihm, wie er in Chemnitz unter seinem Hut skeptisch auf die Straße blickt – im viel zu großem Mantel. In Polen gehört er zur deutschen Minderheit. 1945 flüchtet er im letzten Moment und landet zunächst im Ost-Harz. Bald verkracht er sich mit seiner Frau, trennt sich, geht nach Hamburg, nimmt die beiden Kinder – zwei und drei Jahre alt – mit und macht an der Elbchaussee wieder eine Strickerei auf.

In Hamburg begegnet ihm Käthe Irmscher, die Tochter seines früheren Burgstädter Lieferanten. Seit 1943 lebt sie in Hamburg. Sie hatte sich, kaum volljährig, auf eine Zeitungsanzeige für eine Ausbildung zur Krankenschwester beworben, und sich so aus dem väterlichen Betrieb ausgeklinkt. Arthur und Käthe verlieben sich, und im Frühjahr 1949 merkt Käthe, dass sie schwanger ist. Arthur wird nervös.

Dass seine Freundin ein Kind von ihm erwartet, könnte sich bei der Scheidung von seiner Frau gegen ihn wenden. Als ihr Babybauch nicht mehr zu übersehen ist, drängt er Käthe, Hamburg vorübergehend zu verlassen. Sie fragt eine Schulfreundin, die mit ihrer Großfamilie inzwischen in Leipheim an der Donau wohnt, ob sie sich eine Weile bei ihr einquartieren könnte. Sie kann, und Mitte Oktober 1949 bringt sie mich zur Welt – ihren Sohn Klaus.

Ich bin da – und Arthur, mein Vater, eiert rum. Er kann sich auf einmal nicht mehr zwischen meiner Mutter, seiner Frau und noch einer Freundin entscheiden. Wahrscheinlich ist er nie darüber hinweggekommen, dass er mit neun Jahren seine Mutter verloren hat – sein Leben lang treiben ihn Bindungsprobleme um – mit keiner Frau kommt er auf einen grünen Zweig.

Für meine Mutter ist Arthur ein „Unthema". Mit der Frage, wer denn mein Vater ist, lässt sie mich allein. Familie Müller ist genervt, dass ich immer wieder den Meester frage: „Onkel Herbert, bist du mein Vati?" „Tante Dora", seine Frau, nordet schließlich meine Mutter ein: „Wenn dor Bartsch 's nächste Mal kommt, dann saachste 'm Glaus, dass der sei Vatr is!"

Nun ist es soweit: Arthur sitzt im Büro, Käthe stellt Vater und Sohn einander vor, und ich bin zufrieden, dass ich einen richtigen Vater habe.

ROHRPOST UND PATERNOSTER

Einmal jede Woche fuhr mein Opa zwecks Besorgungen für die Firma nach Hamburg. Wenn ich dann Ferien oder schulfrei hatte, durfte ich mitfahren. Ich unterhielt mich gern mit den vielen Erwachsenen und bestaunte die technischen Wunderwerke, die es in manchen Firmen zu sehen gab. Einige große Büros hatten Rohrpost. Da zischelte es von der Wand her – eine Klappe ging auf – jemand nahm ein „Postrohr" heraus, legte ein anderes hinein, drückte ein paar Knöpfe – und Flupp – ging die Transport-Röhre auf ihre Reise durch die Wände.

In den Fünfziger- und Sechzigerjahren fuhren in vielen Hamburger Kontorhäusern noch die Paternoster. Endlos schwebten diese Aufzüge durch das Gebäude – auf der einen Seite rauf und auf der anderen runter – mit leisen Knack- und Schleifgeräuschen.

Wenn der Kasten nahte, musste man aufmerksam und schnell seine Füße setzen. Nun interessierte mich brennend: Was macht die Paternoster-Kabine nach dem jeweils letzten Stockwerk oben und unten?!

Mein Großvater gab meiner Neugier nach, und ich stellte beruhigt fest, dass man nicht auf den Kopf gedreht wurde. Man schwebte seitwärts durch einen angegrauten Schacht, um gleich wieder die Stockwerke anzufahren.

Oft besuchten wir Señor Serra, einen spanischen Kunden, der mit seiner deutschen Frau in Hamburg lebte. Selbstverständlich unterhielt sich mein Opa mit ihm auf Spanisch. Ich verstand zwar herzlich wenig von dem Gespräch; trotzdem brachte es mir Spaß, den beiden zuzuhören, und meinem Großvater, der als junger Mann drei Jahre in Valencia gelebt hatte, brachte es Spaß, Spanisch zu sprechen. Er sprach es perfekt – ohne sächsischen Akzent.

Die Rückwege zum Auto wuchsen sich zu mittleren Wanderungen aus. Parkplätze waren in Hamburg schon damals knapp. Meinem Großvater war es zu blöd, x-mal den Block zu umkreisen, um vielleicht einen Platz nahe am nächsten Ziel zu ergattern. Er suchte kurz, stellte das Auto ab, und dann liefen wir eine Weile. Es strengte an, aber ich bekam von Hamburg mehr mit. Abends zu Hause bei Muttern hatte ich dann einiges zu erzählen.

SCHUTZENGEL IM TIEFFLUG

Die Erwachsenen rangierten mit ihren Autos auf dem Hof zwischen Fabrik und Wäscherei, und ich beteiligte mich mit meinem hölzernen Dreirad am Schritttempo-Verkehr auf dem Brunsplatz. Was war denn das?! Ich rollte vor mich hin auf meinem Gefährt, da schob mich etwas zur Seite, ich kippte um und lag am Boden. „So sieht also ein Auto von unten aus", dachte ich, als ich mir die Rohre und Bleche beschaute. Ich lag genau im Freiraum zwischen den Rädern. Mein Schutzengel war wohl im Tiefflug herbei geflattert gekommen. Da ging der Motor aus – die Handbremse knarzte, die Tür klackte, ein Mann stieg aus, kniete sich hin und schaute unter das Fahrzeug.

„Oh Gott! Mein Jung, is dir was passiert?!", stieß er hervor. „Schaffst du das, da rauszukrabbeln?"

Ich kroch unter dem Auto hervor. Er nahm mich bei den Händen und stellte mich auf die Beine.

„Das tut mir ja so leid, mein Jung! Ich hab dich wohl übersehen, als ich rückwärts rangiert hab. Ja, sag mal, wohnst du hier irgendwo?"

„Ja, dort", erwiderte ich und zeigte auf die Fabrik.

„Du, wart mal, ich bin gleich wieder da", sprach er, lief mit eiligen Schritten zum Kiosk und als er nach wenigen Minuten zurückkam, ging er mit mir ins Büro, berichtete dort, was geschehen war und überreichte meiner Mutter eine Tafel Schokolade für mich.

Wie meine Mutter und mein Opa reagierten, weiß ich nicht mehr. Die Bleche und Rohre unter dem Auto sehe ich noch heute vor meinem inneren Auge.

DE WELT IS Ä DORF

„Dä Welt is ä Dorf – mir sind ieberall" – dieser sächsische Spruch traf auch auf die Nähmaschinenfabrik zu. Die Firma lieferte in die ganze Welt. So trudelten viele interessante Briefmarken ein, die ich eifrig mit etwas Wasser auf einer Untertasse vom Umschlag ablöste. Und es kamen Kunden aus Holland, Schweden, USA, Italien, Israel, Ägypten, Frankreich, Griechenland, Spanien, England und Australien in Opas Büro, mit denen er sich munter „auf Auswärts" unterhielt. Er sprach fließend Englisch, Französisch und Spanisch, und ich saß gerne dabei, auch wenn ich nichts verstand. Bei uns ging es eben international zu. Auch meine Oma trug dazu bei. Sie bekam immer mal Besuch von Schulfreundinnen aus Finnland, wo sie ihre Kindheit und Jugend verbracht hatte. Sie sprach fließend Schwedisch. Dabei fiel mir auf, wie sehr dies dem Deutschen ähnelte.

Ansonsten sächselte die Familie – bis auf mich. Wenn ich mal so sprach wie die Erwachsenen, dann hieß es: „Ä! Glaus, de sollst doch ni so säggs'sch red'n!" Wahrscheinlich wollten sie mich davor bewahren, dass die anderen Kinder mich damit hänselten.

Mein Großvater legte großen Wert darauf, dass ich Fremdsprachen lernte. Als junger Mann hatte er drei Jahre in Valencia bei Siemens im Büro gearbeitet – und er schwärmte von dieser Zeit. Ein paar spanische Wörter hatte er mir beigebracht, als ich gerade Zwei war. Mir wurde später erzählt, dass ich von Eins bis Zwanzig besser auf Spanisch als auf Deutsch zählen konnte, aber viel weiter kam ich erst einmal noch nicht. Den nächsten Anlauf unternahmen wir 1958 – mit einem fünfzig Jahre alten Lehrbuch. Der Versuch versandete bald, aber ein bisschen was blieb hängen, vor allem die spanische Rechtschreibung.

Ab und zu kamen Möllner Kleinunternehmer mit fremdsprachigen Geschäftsbriefen zu uns, und manchmal brauchten sie auch Dolmetscherdienste. So bekam Herr Karlisch, der Möllner Bootsbauer, Besuch von Señor Alonso, einem Reeder aus Bilbao, der bei ihm eine Segelyacht bestellt hatte. Seine Frau begleitete ihn.

Die Alonsos besuchten auch uns im Büro, und ich wurde gebeten, der Señora die Möllner Altstadt zu zeigen. Als ich in der Hauptstraße an einem Geschäft die Aufschrift „Buchdruckerei" las, kam mir eine Idee. Auch

mein Großvater,
eine Freundin meiner
Großmutter,
meine Großmutter
und ich

26

mit Rechtschreibregeln lässt sich rumalbern. Ich wusste, dass „ch" im Spanischen wie „tsch" ausgesprochen wird. Also zeigte ich auf das Schild und sagte zu ihr: „¡Señora, por favor, lée eso!" (Señora, bitte lesen Sie das.) Prompt las sie: „Butschdruckerei", und ich amüsierte mich köstlich. Die Señora verstand Spaß. Beim Abschied beglückte sie mich mit einem Besito (einem Küsschen) auf die Wange.

NÜSCHT WIE NÜBER!

Manchmal fragten Besucher meinen Großvater: „Herr Irmscher, wie sind Sie eigentlich hierher gekommen?" Und er begann zu erzählen: Er war Teilhaber der Nähmaschinenfabrik seines Bruders Ernst Irmscher in Burgstädt/Sachsen gewesen, eines Betriebes mit sechzig Beschäftigten, der Häkelmaschinen, Deckensäummaschinen, sowie Neun-Faden-Flachnaht-Maschinen fertigte und in die ganze Welt lieferte.

Im Oktober 1949 war er enteignet und wegen angeblicher „Wirtschaftsverbrechen" eineinhalb Jahre eingesperrt worden. Nach der Haft konstruierte das Gericht ihm noch eine Steuerschuld von 25.000 Mark an den Hals. Woher sollte er das nehmen, wo sie auch sein Privatvermögen eingezogen hatten?! Über kurz oder lang würden sie ihn wieder einsperren. Also entschloss er sich zu fliehen.

Am 24. Oktober 1951 nachmittags versuchte er, bei Marienborn in Sachsen-Anhalt schwarz über die grüne Grenze zu gelangen. Er hatte Pech: Zwei Grenzpolizisten hielten ihn an und nahmen ihm seine Papiere ab.

„Die krieg'n Se in fünf Tagen bei der Kreispolizei wieder! Kostet fuffzich Mark Strafe!" beschieden sie ihn. Er ahnte, dass er nicht mit fünfzig Mark davonkäme – eher würden sie ihn wieder ins Gefängnis stecken. Also: „Nüscht wie nüber!"

Er tat sich mit zwei Männern zusammen, in der Nacht durch den Grenzwald zu schleichen. Dann endlich: Morgens um Sechs schälten sich am östlichen Stadtrand von Helmstedt ihre Gestalten aus dem Dunst. Das Ortsschild von Helmstedt! Sie waren im Westen! Im zweiten Anlauf hatten sie es geschafft!

Nachdem er sich im Bahnhof Helmstedt bei der Anlaufstelle für Ost-Flüchtlinge gemeldet und dort seinen Fall geschildert hatte, machte er sich auf den Weg nach Hamburg, wo seine Tochter Käthe seit 1943 wohnte. So lernte er auch mich, seinen mittlerweile zweijährigen Enkel kennen.

In Hamburg bewarb er sich – sechzigjährig – gleich bei der Westeuropäischen Handelscompagnie. Davon erzählte er später: „Nu, da hab'ch mich zehn Jahre jüngr gemacht, und da ham se mich glei genomm'."

Schon nach wenigen Tagen arbeitete er als Nähmaschinen-fachmann und Fremdsprachenkorrespondent für Spanisch, Französisch und Englisch und bekam so wieder finanziellen Boden unter die Füße. Gemeinsam mit seiner Tochter Elvi, damals Näherei-Direktrice bei den Möllner Textilwerken, organisierte er die Neugründung einer Nähmaschinenfabrik in Mölln, die ab dem Juli 1952 das gleiche herstellte wie der Betrieb in Sachsen.

RENATE UND GÜNTHER

Renate, die älteste Tochter vom Meister Müller, heiratete 1955 ihren Günther. Das wurde groß gefeiert. Meine Freundin Gabi aus der Nachbarschaft und ich streuten reichlich Blumen. Renate und Günther sind übrigens das einzige Paar, bei dem ich sowohl bei der Hochzeit als auch bei der Goldenen Hochzeit dabei war. Bei letzterer packte ich meine Gitarre aus und schenkte den beiden meine Musik.

Günther arbeitete sich bald in der Fabrik ein und wurde sozusagen der Mann für alles. Mit seiner fröhlichen, humorvollen Art fiel er angenehm auf. Auch patzige Bemerkungen klangen bei ihm noch lustig, wie zum Beispiel, als ich mich mal geräuschvoll schneuzte.

„Nu, pass off, dass de dei biddl Gehirne ni glei mit nausbläst …!" Er war auch der einzige, der bei seinem Schwiegervater, dem „Meestr", eine dicke Lippe riskieren konnte. Dazu lieferte der immer wieder Anlässe.

Mir gefiel auch, wie liebevoll und humorvoll Renate und Günther miteinander umgingen. Hierzu erinnere ich mich an zwei Dialoge. Während meiner Lehrzeit in den späten Sechzigerjahren ging Günther mal für vier Wochen auf Kur. Vorher – beim Klönschnack neben der Arbeit – sagte ein Kollege zu ihm: „Na Günther, da lachst du dir bestimmt 'n Kurschatten an …?"

Darauf er: „Ä! Sowas Gutes, was 'ch drheeme hab, das find 'ch doch dort ni!"

Dann, während Günthers Kur war ich mal bei einem Gespräch zwischen Renate und ihrer Mutter – Tante Dora – dabei.

Renate: „Ach, ich hab so Sehnsucht nach mei'm Günthr!"

Darauf Dora: „Nu, wenn mei Mann mal vier Wochn fort wär, da tät mr de Zeit ni lang wer'n!"

von links: Dora Müller, Käthe Irmscher, Christine Müller,
Herbert Müller, Renate Pepperl, Paul Irmscher, Günther Pepperl,
Inges Verlobter, Günthers Mutter, Inge Müller,
Gertrud Irmscher, Günthers Vater
vorne: Gabi Mücke und ich

DER FUSSEL

Beide Töchter meines Großvaters arbeiteten im Betrieb. Käthe, meine Mutter, war für Finanzen und Versand zuständig, und ihre Schwester Elvi kümmerte sich um die Arbeitsvorbereitung. Sie gab Vorrichtungen und Werkzeuge aus und sorgte dafür, dass alles an seinem Platz lag und man mit einem Griff hatte, was man brauchte. Die Kollegen schätzten das Wirken von Tante Elvi. Hatte sie allerdings an der Arbeit oder am Lebenswandel eines Mitarbeiters etwas auszusetzen, dann schepperte ihm ihre harte Stimme eisig um die Ohren.

Es war ein Freitag um 1960, einige Jahre vor meiner Lehrzeit in der Nähmaschinenfabrik. Die Lehrlinge machten wie jeden Freitag den Betrieb sauber – entfernten die Späne von den Werkzeugmaschinen, holten den Schlamm aus den Kühlmittel-Tanks der Maschinen heraus, sie wischten und fegten, drangen in die hintersten Ecken vor, bis die Fabrik dem Wochenende entgegenblitzte. Heute hatten sie besonders gründlich geputzt.

Wie jeden Freitag prüfte Tante Elvi mit scharfem Blick, ob die Lehrlinge auch hundertprozentig zu Werke gegangen waren. Es gab nichts zu meckern. Die Jungs hatten perfekt geputzt. Fast perfekt: Auf dem Fußboden im Unteren Saal – zwischen Drehbänken und Fräsmaschinen – lag ein kleiner Fussel am Boden. „Und was macht der da?!!!" herrschte sie den neben ihr stehenden Lehrling an. Dieser antwortete: „Der sonnt sich …!"

ZWEI LEDIGE TÖCHTER

Immer wieder begegneten mir Menschen, die vor Jahrzehnten Kontakt mit meiner Familie gehabt hatten und mir ihre Sicht von außen schilderten.

Kristina aus Finnland, Enkelin einer Schulfreundin meiner Oma, hatte uns Anfang der Sechzigerjahre besucht, und ich besuchte sie 1986 in Helsinki. Unweigerlich kamen wir auf meine Familie zu sprechen. Kristina sagte, sie fand es merkwürdig, dass die beiden rund vierzigjährigen Töchter noch ledig waren und bei den Eltern wohnten. Sie erinnerte sich an eine merkwürdige Atmosphäre im Haus …

Mir fällt dazu ein Ereignis Mitte der Fünfzigerjahre ein, das ich damals nicht einsortieren konnte. Meine Tante Elvi war mit einem Horst liiert. Horst arbeitete im Betrieb mit. Eines Abends kam Elvi zur Tür hereingestürzt, eilte in die Küche und warf sich schluchzend in die Arme ihrer Mutter. An Horst habe ich nur vage Erinnerungen – und die verlieren sich Mitte der Fünfziger. Darüber wurde nicht geredet. Ende der Fünfziger – Anfang der Sechzigerjahre bekam Elvi regelmäßig Besuch von einem Geschäftsmann aus Südafrika. Als der sie nicht mehr besuchte, kam ein Mann aus Westberlin – und verschwand wieder. Schließlich lernte sie beim Wandern im Bayrischen Wald ihren Werner kennen, den sie – vierzigjährig – heiratete, und mit dem sie in die Nähe von Kassel zog.

Meine Mutter lebte ihr Liebesleben sehr diskret – mir fiel nur auf, dass sie oft unglücklich wirkte. Als sie 55 war, stellte sie mir – endlich – ihren Erwin vor, einen Förster aus dem Schwarzwald, mit dem sie bis an ihr Lebensende zusammenblieb. Sie wurde 91 Jahre alt.

Ihr Vater hatte erwartet, dass seine Töchter ledig blieben und für ihn arbeiteten. Bei seinen festgefügten Rollenbildern stellte er sich vor, dass sie nach einer Heirat automatisch Hausfrauen geworden wären. Mögliche Schwiegersöhne wurden weggestänkert, denn in seiner Vorstellung konkurrierten sie mit ihm um die Arbeitskraft seiner Töchter. Für Liebe war da kein Platz.

Ein Nachbar, Elvi, ich, Mutter, Großmutter, Großvater um 1960

TANTE ELVI

Was Tante Elvi anpackte, das hatte Hand und Fuß – das wurde richtig gemacht – und sie erwartete, dass alle es in ihrem Sinn richtig machten. Herbst 1962 – ich kam mit dem Halbjahreszeugnis nach Hause und freute mich, dass ich in Mathe von Vier auf Drei gekommen war. Tante Elvi hielt mir gefühlt eine Viertelstunde einen Vortrag, warum ich keine Zwei hatte … !!!

Mit dem eher unordentlichen Kompagnon ihres Vaters, dem Müller-Herbert, verkrachte sie sich so, dass sie aus der Nähmaschinenfabrik ausstieg. Zum Glück wanderte sie im Urlaub im Bayrischen Wald dort, wo auch ein gewisser Werner wanderte. Die beiden heirateten, sie zog mit ihm in die Nähe von Kassel, und mein Schulzensurendurchschnitt besserte sich um eine Note. Der Bayrische Wald tat ihr offensichtlich gut. Ich erzähle noch heute gern einen Witz, den sie mal von dort mitbrachte:

Ein Dorf im Bayrischen Wald kriegt einen neuen Pfarrer, und der is a Preiß – also einer von weiter nördlich, der sich mit den Gepflogenheiten vor Ort noch nicht auskennt. Gleich am ersten Tag kommt ein Wilderer zu ihm und beichtet: „Herr Pfarrer, i hob an Hirschn gschossn."

Der Pfarrer ist ratlos. Was soll er dem Wilderer als Buße aufgeben?! Hätte er einen Hasen geschossen, dann wäre das mit einem Vaterunser erledigt gewesen. Aber einen Hirsch???!!! Ist er zu streng, redet keiner mehr mit ihm – ist er zu milde, nimmt ihn keiner ernst. Er geht zu seinem Amtsvorgänger, der noch im gleichen Dorf wohnt und sagt: „Ach, Bruder Xaver, zu mir ist einer gekommen, der hat einen Hirsch geschossen. Was solln wir dem denn geben?"

Darauf der alte Pfarrer: „Mei, gebm wir ihm zwoa Markl für's Pfund, des hammer immer so g'haltn."

Als Elvis Mann in Rente ging, zogen sie in ihren geliebten Bayrischen Wald. Irgendwann starb er, und sie zog in ein Pflegeheim. Sie war kulturbeflissen, las gern, doch ihre Augen spielten nicht mehr mit. Aber es gab ja nette junge Madln, die sehbehinderten alten Damen was vorlasen. Nur – wie das bei den jungen Madln so ist – die haben ihre Handys dabei, und die klingeln auch mal. Und Tante Elvi hielt den netten jungen Madln, die ihr vorlasen, einen langen Vortrag, wie schädlich doch Handys sind.

Da sagten sich die netten jungen Madln: „Zu der greisligen Altn, do gemma nimmer hi!" Befreundete Nachbarn erzählten mir, dass meine Tante sehr unter Einsamkeit litt …

Familie Irmscher in den 30-er Jahren

TOUR D'AMOUR — STRESS PUR

Ein Sonntagabend im Herbst 1965 – ich saß mit Mutter und
Großeltern zusammen und erzählte von meiner Brieffreundin
Mimi aus Österreich. In den Sommerferien hatte ich sie bei
einer Reise mit der Evangelischen Jugend in Rechnitz an der
ungarischen Grenze kennengelernt. Sie arbeitete als Näherin
in einer Miederwarenfabrik – hatte also mit Nähmaschinen
zu tun. In der Kleinlandwirtschaft ihres neun Jahre älteren
Bruders half sie auch noch mit. Ihr Vater war gestorben,
als sie Fünf war. Ich erzählte, wie sehr ich sie mochte, und
dass ich im nächsten Sommer gern wieder nach Rechnitz
fahren wollte, um sie wiederzusehen.

Mein Großvater, der bis dahin nichts gesagt hatte, mischte
sich in schneidendem Tonfall ein: „Deine Reisn sind jetzt
dazu da, dass de deine Sprachkenntnisse off Vordermann
bringst! Ich weiß nich, was de da mit „Eesterreichisch" anfangen willst! Ab'm nächst'n Jahr da fährste nach England,
Frankreich und Spanien! Und nach'm Ingenieurstudium,
da gehste ä paar Jahre ins Ausland! An 'ne Frau kannste
mit dreißich denken!"

Ich war geschockt. Der wollte mit dem Vorschlaghammer
in meine Herzensangelegenheiten reinregieren! Da hatte er
es sich mit mir gründlich verdorben! Mimi und ich planten
um. Sie sollte Ostern 1966 zu mir nach Mölln kommen.

Das verwarfen wir aber bald, denn im Frühjahr '66, wenn sie Achtzehn war, wollte sie in Wien eine Ausbildung zur Krankenschwester anfangen.

Was ich damals noch nicht wusste: Vor und nach der Fabrikarbeit ackerte sie in der Kleinlandwirtschaft ihres Bruders und lieferte den größten Teil ihres Lohnes bei ihm ab. Aus diesen Verhältnissen wollte sie raus. Die Ausbildung brach sie bald ab, weil sie es gesundheitlich nicht schaffte; danach schuftete sie für eine Arztfamilie als Haushaltshilfe, bis sie zusammenbrach; und anschließend hangelte sie sich von Job zu Job, war zwischendurch immer mal krank und arbeitslos, bis sie sich in einer Stelle als Drogerie-Verkaufshilfe etwas festigen konnte.

Wir schmiedeten immer neue Wiedersehenspläne, die einer nach dem anderen platzten. Es wurde Ostern 1968, bis wir uns wiedersahen. Ich besuchte sie in Wien. Monatelang hatte ich meine Mutter beknetet, dass ich fahren durfte. Schließlich sagte sie „Ja" und half mir sogar, die Reise vor meinem Großvater zu tarnen. Wir besuchten gemeinsam Mutters Schulfreundin Christel in Leipheim an der Donau, dort, wo sie mich 1949 zur Welt gebracht hatte. Mutter blieb bis Ostermontag bei ihrer Freundin, und ich fuhr am Karsamstag weiter nach Wien. Am Dienstag nach Ostern schwebte ich auf „Wolke Sieben" wieder zu Hause ein.

Die „Wolke Sieben" platzte nach sechs Wochen. Mimi zog es zu „Männern mit Erfahrung" – und sie fiel krachend rein.

Man könnte nun sagen, mein Großvater hätte recht gehabt, dass sie nicht die Richtige für mich war – er hätte es mir nur ungeschickt „verkauft". Aber ich glaube, er hatte überhaupt keine Antenne dafür, ob sie zu mir passte oder nicht. Mimi passte nicht in seine Pläne.

Da er so grob in meinem Seelenleben herumtrampelte, klammerte ich mich umso mehr an sie – ließ mich mehrmals in ihre Umlaufbahn zurückholen. Dass sie nicht meine Frau für's Leben war, merkte ich erst, als wir uns viel später ungestört nahe sein konnten.

TEURES PAPIER

Ein Montagmorgen im Frühsommer. Günther, der Schwiegersohn des Meisters kommt mit viel Schmirgelpapier aus dem Werkzeuglager. Dabei begegnet er Paul, dem Firmenchef.

Paul: „!Ä! Für was braucht'r'n das ganze Schmirchlbabier, das is doch teuer!"

Günther: „Nu, mr missn alles schmirchln, was am Bodn gestandn is!"

Paul: „Ä! Wieso d'n?!"

Günther: „Nu haste das ni mitgekricht – den Wolknbruch gestrn?! Da hammr heute de Iebrschwemmung im untrn Saal!"

Paul: „Ä! Wie gibt's'n das?"

Günther: „Nu, bei dan Wolknbruch is de Abwassergrube iebrgeloofm, und weil dr untere Saal diefr liecht, is die Dreckbrühe da nei."

Paul: „Sooo?"

Günther: „Nu glar! 's Abflussrohr war vrstopft, und da is die Brühe iebrgeloofm.

Paul: „Nu, Wie gibt's'n das?"

Günther: „Da hat sich widdr ännr mit dr Zeitung statt mit'm Globabier 'n Arsch abgewischt!"

Paul: „Nu, 's Globabier, das is doch viel zä teuer! Früher ham sich de Leude ooch kee Globabier geleistet. Da war'n se noch sparsam!"

Günther: „Nu, saach ämal, gitt das ni in dein' Kopp nei?! Weil du eechal 's Zeidungsbabier ins Glo schmeißt, is die Brühe iebrgeloofm, und jetzt könn mr von dan ganzn Zeich, was am Bodn gestandn is, 'n Rost abschmirchln! 'Ich gloob, die Arbeitszeit, die mr da vrmährn*, die is deurer als as Globabier!"   *vertrödeln

Paul: „!Ä!"

Günther: „Baul! Heer off mit dan Zeidungsbabier off'm Glo!"

Paul: „Nu, im Schützngrabm, da sinn mr ooch ohne Globabier ausgekomm!"

Günther: „Weeste was: Ich bring jetzt das Schmirchlbabier naus in'n Untrn Saal, daß mr heude noch zä was Richtchn komm! Fr dein'n Schützngrabm hab'ch kenne Zeit mähr!", sprach's, schüttelte den Kopf und ging zu den Arbeitern im Unteren Saal, die nun munter zu schmirgeln anfingen.

Und das war nicht die letzte Überschwemmung … !!!

WEMMR IEBER DE WURZLN PURZLN ...

Oft kam geschäftlicher Besuch auch zu uns nach Hause. Bei Kaffee und Kuchen wurde viel von früher erzählt. Ich saß dabei und spitzte die Ohren – gerade, wenn mein Großvater von seinem ehemaligen Betrieb in Sachsen sprach. Dort wurden – wie in Mölln – vor allem Häkelmaschinen hergestellt.

Diese hatte der Strickwarenfabrikant MERROW in Hartford/Connecticut an der Ostküste der USA Mitte des 19. Jahrhunderts entwickelt. Viele Frauen zwängten sich damals in mit Stahlstäben gestützte Corsets, die ihre Kleider und Blusen schnell verschlissen. Also strickte man einen Schlauch mit dem irreführenden Namen „Corset-Schoner". Um den zu stabilisieren, wurde er oben wie unten mit einer Häkelkante eingefasst. Strickwarenfabriken in den USA wie auch in Deutschland bauten zu jener Zeit ihre Nähmaschinen selbst. Die neue amerikanische Maschine häkelte besonders gut, aber da sie patentiert war, kamen die Textilfabrikanten nur über die Firma Merrow an sie heran. Die gab bald die Textilproduktion auf, stellte nur noch diese Maschinen her und lieferte sie in die ganze Welt.

Nachdem die Patente abgelaufen waren, fing die Trikotagenfabrik Rathgeber in Markersdorf in Sachsen an, die Häkelmaschine nachzubauen. Ernst Irmscher, geboren 1882, Bruder meines Großvaters, hatte in einer Reparaturwerkstatt für Landmaschinen Schlosser gelernt. Die Arbeit dort war ihm zu grob und zu dreckig, und so wechselte er zur Firma Rathgeber. Die fertigte damals ihre Maschinen für den Eigenbedarf selbst an. Ernst Irmscher interessierten besonders die Häkelmaschinen.

Ernst Irmscher, dor Meester in Burgstädt und seine Frau Minna

Am 1. Februar 1907 gründete er in Taura bei Burgstädt nördlich von Chemnitz eine Firma für Maschinenbau und -reparatur, in der er nun diese Häkelmaschinen selbst herstellte. Bald kam noch die Neun-Faden-Flachnaht-Maschine, die „Flatlock" dazu, ein abgelaufenes Patent der amerikanischen Firma Wilcox & Gibbs. Mein Großvater Paul Irmscher, der Kaufmann gelernt hatte, stieg 1924 als geschäftsführender Teilhaber in die Firma ein, und unter anderem dank seiner Sprachkenntnisse brachte er das Auslandsgeschäft in Schwung. Der auf 25 Mitarbeiter angewachsene Betrieb zog 1934 um in die Kleinstadt Burgstädt und beschäftigte bald bis zu 65 Personen. Walter Irmscher, der Sohn von Ernst, dem „Meester", arbeitete nach seinem Ingenieurstudium in der Firma mit und stieg 1937 als Teilhaber ein.

Die Nazi-Herrschaft war meinem Großvater zuwider. Als exportorientierter Unternehmer, der eine Zeitlang im Ausland gelebt hatte, konnte er mit übersteigertem Nationalismus nichts anfangen, und vom Krieg hatte er – mit seinen Schützengraben-Erfahrungen – gründlich die Nase voll. Meine Großmutter erzählte mir, dass sie oft Angst hatte, die Gestapo könnte ihren Mann abholen, weil er in Gesprächen über Politik kein Blatt vor den Mund nahm. Von 1938 bis 1943 arbeitete im Betrieb auch der Kommunist Erich Knorr als Schleifer. Über alle Meinungsverschiedenheiten hinweg waren sich Knorr und mein Großvater in ihrer antifaschistischen Einstellung einig.

Nach der Befreiung wurde Erich Knorr Landrat. Als neuer Ärger drohte – jetzt von der sowjetischen Besatzungsmacht und der SED – hielt Knorr eine Zeitlang seine schützende Hand über seinen ehemaligen Chef. Der half ihm wiederum, ein Problem der Landwirtschaft zu lösen. Damals waren noch viele Pferde im Einsatz, und es fehlten Hufnägel. In Hamburg-Bergedorf gab es einen Hersteller, aber von der sowjetischen Zone aus konnte man dort nicht bestellen. Knorr beauftragte nun seinen früheren Arbeitgeber, die Hufnägel in der Nähmaschinenfabrik herzustellen. Einen Hufnagel anzufertigen, der normalerweise für zwei Pfennige zu haben war, kostete hier fünfzig Pfennige, ein Preis, den man unmöglich von den Bauern verlangen konnte. Also vereinbarten Landrat Knorr und Fabrikant Irmscher, für einen Hufnagel zehn Pfennige zu verlangen. Den Mehraufwand sollte mein Großvater durch eine Mischkalkulation auffangen, indem er von zahlungskräftigen westdeutschen Kunden für seine Nähmaschinen einen deutlich höheren Preis als den amtlich festgelegten verlangte.

Das war nach den damaligen Vorschriften nicht korrekt, aber in der Notsituation wurde es so gemacht, und der Landrat deckte es. Dessen Schutz tat auch nötig, denn Paul Irmscher war der lokalen SED ein Dorn im Auge. Als Stadtverordneter der Liberaldemokratischen Partei trat er den Machtansprüchen der Kommunisten offen entgegen. Erich Knorr wurde im Dezember 1948 plötzlich nach Berlin ins Landwirtschaftsministerium weggelobt. Mein Großvater kam im März 1949 in Untersuchungshaft wegen „Wirtschaftsverbrechen". Die Mischkalkulation, die ihm ja der Landrat nahegelegt hatte, wurde ihm angekreidet, ebenso, dass er per Tauschhandel Heizungsmaterial und Werkzeuge für den Betrieb organisiert hatte. Dies verstieß gegen die Vorschriften, war aber nötig, um in diesen von Mangel geplagten Zeiten den Betrieb am Laufen zu halten.

Am 19.10.1949 wurde Paul Irmscher zu eineinhalb Jahren Zuchthaus und vollständiger Enteignung – auch des Privatvermögens – verurteilt. Der ehemalige Landrat Knorr durfte nicht vor Gericht aussagen. Der Kommunist, der Probleme lösen wollte und nicht durfte, setzte sich bald in den Westen ab. Er hatte sich wohl unter Sozialismus etwas anderes vorgestellt als andersdenkende Verbündete auf's Kreuz zu legen.

2. VERBRATEN ZUM ENTGRATEN
1966 – 1969 IN DER LEHRE

will ein Radau-Drachen
dich zur Sau machen
lässt es im Bau krachen
ach – er mit seinen Brülltiraden
lach ihn aus nach Stich und Faden
wie der bei Tage brüllt und schäumt
was der wohl nachts für'n Alptraum träumt … ??!!

ZUBROT – ZUKUNFT – ZUSTÄNDE

Als ich in die Grundschule ging, verdiente ich mir mit Hilfstätigkeiten im Büro ein paar Extragroschen. Ich stempelte Lieferscheinhefte durch, füllte Banküberweisungsvordrucke aus, sortierte Schrauben und tütete Häkelnadeln ein – die Packung zu 25 Stück. So konnte ich zum Beispiel den Zirkus besuchen, der regelmäßig in Mölln seine Zelte aufschlug. Auch das Geld für meine erste Gitarre kam so zusammen.

Mit dreizehn arbeitete ich in den Schulferien auch in der Fabrik mit – spannte an der fertig eingestellten Maschine die Werkstücke ein und aus, entgratete Teile; das heißt: Ich schliff die scharfen Schnittkanten glatt. Nach der Realschule – ab April 1966 – lernte ich Maschinenschlosser in der Nähmaschinenfabrik. Ich sollte die Fertigung von Grund auf kennenlernen, dann Ingenieur studieren, je zwei Jahre in England, Frankreich und Spanien arbeiten und anschließend den Betrieb übernehmen. Von den geschäftlichen Vorgängen verstand ich wenig. Meinem Großvater waren sie so selbstverständlich, dass er sie mir purem Laien nicht wirklich erklären konnte.

Die Arbeit als Lehrling fühlte sich in den ersten Wochen wie die vertraute Ferienarbeit an, aber bald stellte sich der Stress ein. Ich stand viel am Schraubstock, feilte in Feilschablonen eingespannte Werkstücke in ihre vorgesehene Form. Das viele Stehen strengte an, und die Arbeit war oft eintönig. Gerade Flächen zu feilen fiel mir schwer. Oft arbeitete ich langsam und unsystematisch, tagträumte dabei vom Musizieren und von meiner Brieffreundin in Österreich. Bei Lichte besehen interessierten mich die Nähmaschinen kaum. Da brannte nicht das Feuer des angehenden innovativen Unternehmers, der in ein paar Jahren den Laden richtig in Schwung bringen sollte – den Betrieb, der jetzt eher als einträgliches Altenteil der beiden Senioren vor sich hin lief.

So fing ich mir viel Geschimpfe vom Meister ein: „Ä!!! So ein Muuuuuurx!!! Was haste da widdr gebastelt?!!! Nu, mähr nur ni so rum!!! Ä!!! Dä bringst ja gar nüscht zustande!!!"

Mein Selbstbewusstsein kroch im Keller rum.

Vieles im Betrieb nervte. Werkzeuge und Vorrichtungen musste man oft suchen, und die meisten Werkzeugmaschinen waren so verschlissen, dass sie nur ungenau arbeiteten. Der Meister hatte es immer eilig. Wollte er an einer laufenden Maschine die Drehzahl umstellen, wartete er nicht etwa, bis das Getriebe still stand. Er schaltete die noch laufende Maschine um, dass es im Gehäuse nur so knallte. Die Zahnräder innen drin sahen entsprechend aus.

„DON PABLO" UND MEIN SPRACHENKARUSSELL

In den Sechzigerjahren, als viele Südeuropäer als „Gastarbeiter" in die Bundesrepublik kamen, wurde mein Großvater so etwas wie der Schutzpatron der Spanier in Mölln. Wer Hilfe bei etwas Schriftlichem brauchte, ging zu „Don Pablo".

Als junger Mann hatte er drei Jahre in Valencia gelebt und dort im Büro von Siemens gearbeitet. Er sprach perfekt Spanisch und er schwärmte von dieser Zeit. 1912 musste er zurück nach Deutschland zum Militärdienst, und kurz bevor der zu Ende war, wurde er in den Ersten Weltkrieg geschickt.

In der Fabrik arbeitete auch José, der meinen Großvater bei seiner Spanienreise 1964 wegen „trabajo en Alemania" angesprochen hatte. José wohnte die ersten Wochen mit bei uns im Haus. Abends saß er oft mit meinem Großvater zusammen, der ihm Deutsch beibrachte und sich ansonsten über jede Gelegenheit zum Spanisch Sprechen freute.

In der Realschule hatte ich Englisch und Französisch gelernt und nun in meiner Lehrzeit kam im dritten Anlauf Spanisch dazu, diesmal richtig systematisch. Immer Mittwoch Abends unterrichtete mein Opa meine Mutter und mich nach einem kaufmännischen Lehrbuch. Auch brachte er spanischsprachige Geschäftsbriefe aus dem Büro mit. Zu der Zeit arbeitete José in der Fabrik. Wir verstanden uns gut und trafen uns gelegentlich in unserer Freizeit. So war ich motiviert, für den Spanisch-Unterricht zu büffeln.

Die Urlaube in meiner Lehrzeit musste ich zum Verbessern meiner Sprachkenntnisse verwenden. 1966 fuhr ich für fünf Wochen nach England; eine Woche davon bekam ich extra zugestanden. 1967 war ich sechs Wochen in Frankreich; die ersten zwei davon arbeitete ich bei einem Kunden meines Großvaters. 1968 nahm er mich auf eine Geschäftsreise nach Portugal mit. Mein Spanisch kam dabei nur kurz, beim Transit auf der Hin- und Rückfahrt, zum Einsatz. Dafür wurde am Ziel mein Spanisch von Tag zu Tag portugiesischer – und ich nahm so nebenbei meine vierte Fremdsprache mit.

Meine Sprachkenntnisse brachten noch einige Annehmlichkeiten mit sich: Ab und zu hieß es: „Glaus, setz d'ch offs Fahrrad und fahr naus in de Muna (Möllner Waldstadt) zä Karlisch'n. Bei dem is ä Ami zä Besuch; da sollste dolmetschn!" Das ließ ich mir nicht zweimal sagen. Also raus aus'm Blaumann und rauf auf's Fahrrad.

Auf Englisch kam dann die Weihnachtsente angewatschelt: Unser Schweißfachmann Ernst G. züchtete Enten. Sein Sohn brauchte Nachhilfe in Englisch – die bekam er bei mir – und ich bekam dafür die „Christmas-Duck for my Family".

Auch Günthers und Renates Tochter Gisela half ich in Englisch – immer Sonntags vormittags. In ihren Arbeiten häuften sich gegen Schluss die Fehler. Ich gab ihr den Tipp, mit dem Korrigieren vom Ende her anzufangen, dass sie dort, wo sich die meisten Fehler tummelten, noch bei guter Konzentration hinschaute. Prompt hatte sie viel weniger Fehler. Nach getaner Arbeit fragte Günther mich: „Glaus, willste ä Bier?" Dann klönten wir noch eine Weile, und ich fühlte mich in den Kreis der Erwachsenen aufgenommen.

TRUDE UND PABLO

Die Mittagspause in der Fabrik dauerte von zwölf bis halb eins. Ich radelte nach Hause, wo meine Großmutter mich mit dem fertigen Essen erwartete. Mein Großvater nahm seine Pause eine halbe Stunde später; und so war ich beim Mittagessen mit der Oma allein. Wir hatten reichlich Gesprächsstoff. Wo ich als Kind die Verhältnisse in der Familie als selbstverständlich hingenommen hatte, machte ich mir als Jugendlicher meine kritischen Gedanken: Warum war der Opa so maßlos geizig? Warum gönnte er sich und seiner Frau nie einen Urlaub? Was führten meine Großeltern überhaupt für eine Ehe??? Wenn die beiden Sonntags nachmittags um den Möllner Schmalsee spazierten, dann lief er außerhalb ihrer Sichtweite immer munter voraus. Ich sah auch nie, dass die zwei sich mal berührt oder gar umarmt hätten.

Wenn meine Oma und ich beim Essen saßen, dann erzählte sie oft von früher. Sie wuchs in Finnland auf. Ihr Vater war von 1898 bis 1914 Technischer Direktor der Zuckerfabrik in Vaasa. Als der erste Weltkrieg begann, musste die Familie Finnland verlassen. Das Land gehörte zum Russischen Reich, und Deutschland war Kriegsgegner. Die Kriegszeit verbrachte sie auf dem Gut ihrer Großeltern in Sömnitz zwischen Leipig und Dresden. Auch besuchte sie in Dresden eine „Hauswirtschaftsschule für höhere

Töchter". Bei einer gemeinsamen Tanzveranstaltung dieser Schule mit Soldaten auf Heimaturlaub lernten sich Gertrud Striegler und Paul Irmscher kennen. Wahrscheinlich fanden sie aneinander interessant, dass sie beide länger im Ausland gelebt hatten und sie fließend Schwedisch und er perfekt Spanisch sprach.

1917 hatten „Trude und Pablo" sich verlobt und Anfang 1921 war die Hochzeit geplant. Die Vorbereitungen liefen auf Hochtouren, da wollte er eine Woche vor der Trauung das Verlöbnis lösen. Sie setzte daraufhin alle Hebel in Bewegung, hetzte ihm seine ganze Verwandtschaft auf den Hals, die ihm kräftig ins Gewissen redete. Eine Tante erzählte mir, dass sein Vater ihn mit Donnerstimme zurechtwies: „Und du heirat'st das Mädl!!!" Er beugte sich dem Druck ... und funktionierte sechzig Jahre lang als „unfreiwilliger Ehemann." Ich erinnere mich noch, wie ich ihm berichtete, dass wir in der Schule das Lied „Wem Gott will rechte Gunst erweisen, den schickt er in die weite Welt" gesungen hatten. Dezent grinsend erwiderte er: „Nu, ich kenn das als „Wem Gott will rechte Gunst erweisen, den läßt'r ohne de Frau verreisen" ... !" Und geschäftlich verreiste mein Großvater immer mal ...

Da gab es eine Geschichte aus der Zeit um 1930. Er war mehrere Wochen in Frankreich unterwegs und schickte kein Lebenszeichen nach Hause. Meine Großmutter klagte ihrem Schwiegervater ihr Leid, dass sie sich solche Sorgen um ihren Mann mache. Mein Urgroßvater kommentierte das ganz ruhig mit: „Dar fitzt sich schon durch ... !"

Wenn meine Oma mir – mehr als vierzig Jahre später – erzählte, wie der Opa die Hochzeit platzen lassen wollte, schwang immer noch ein empörter Ton in ihrer Stimme mit.

Niemand konnte sich erklären, warum er ausbüxen wollte. Er sprach nicht darüber, aber von seiner Zeit in Spanien erzählte er gern. Über die spanische Sprache sagte er mal mit genießerischem Schmunzeln: „La lengua" ist ja auf Spanisch die Sprache und die Zunge. Und die spanischen Frauen ham mir „la lengua" nahegebracht …"

Er war vom achtzehnten bis zum einundzwanzigsten Lebensjahr in Spanien gewesen. Gut möglich, dass er da seine erste Liebe kennengelernt hatte, von der ihn Militärdienst und Krieg dann trennte. Vielleicht geisterte sie ihm noch so durch den Sinn, dass er sich auf keine andere Frau einlassen konnte. Über Gefühle wurde nicht geredet – es ging ums Versorgtsein. Es ist nur eine Ahnung – aber so kann ich mir „Pablo's" Verhalten erklären.

Was mir nachträglich noch einfiel: Seit 1971 höre ich gerne irischen Folk. Ich schenkte meiner Mutter Platten mit dieser Musik und so kam sie auch auf den Geschmack. Ein Lied hörte sie besonders gern: „The Spanish Lady" …

„Don Pablo" in Valencia

als Soldat

SCHLEIFEN MIT SCHLIFF

In die Bohrungen in einem Werkstück sollten Stifte hinein. Diese Stifte waren aber ein bisschen zu dick. Der Meister zeigte mir, wie ich sie auf den passenden Durchmesser bringen sollte. Er spannte einen der Stifte ins Futter der Tischbohrmaschine, schaltete sie an, legte einen Streifen Schmirgelband wie eine offene Schlinge um den rotierenden Stift und trug so die überschüssigen Zehntelmillimeter ab.

„Siehste – so geht das! SACHGEMÄSS!!!" Das Wort „sachgemäß" schleuderte er mit viel Spannung heraus, rutschte dabei in die Kopfstimme. Ich war etwas irritiert. Für mich sah das mehr nach einem pfiffigen Heimwerker-Pfuschertrick aus. Hätte er gesagt: „Mr muss sich ähm ze helfm wissn", dann hätte ich gedacht: „Der hat's drauf, der kann improvisieren auch, wenn's mal nicht nach Lehrbuch geht …" Mit dem Wort „SACHGEMÄSS" wollte er wohl seine fachliche Autorität herausstreichen … nun denn …!…?!?

Ab und zu gab der Meister uns Lehrlingen theoretischen Unterricht über SACHGEMÄSSES Arbeiten – zum Beispiel beim Schleifen: „Mit so ännr Scheifscheibe, da muß mr vorsichtch umgähn! Wenn's die zerruppt, dann pfeifn dir de Bruchsticke wie de Gewährguuchln um de Ohrn! Also: Vooorsichtch!"

Ein paar Wochen später stand ich neben dem Meister an der Flächenschleifmaschine. Er bearbeitete ein unterarmgroßes Eisenteil. Dieses war durch einen Magnetklotz auf dem Pendelschlitten der Maschine fixiert. Der Schlitten pendelte nach rechts und nach links – immer hin und her. Und jedes Mal beim Herauspendeln wurde das Werkstück für ein paar Sekunden nicht von der Schleifscheibe berührt. Wollte man das Werkstück von der Maschine abnehmen, klinkte man den Schlitten aus. Der fuhr dann ganz nach rechts oder links, stand still, und das Werkstück berührte nicht mehr die Schleifscheibe. Nun schaltete man den Magneten aus und nahm das bearbeitete Teil herunter. Das dauerte dem Meister aber alles zu lange. Also ließ er den Schlitten weiter pendeln. Der fuhr nach links unter der Schleifscheibe heraus, der Meister riss an dem Werkstück, bekam es aber nicht ganz herunter. Quer zur Schleifscheibe liegend fuhr es nochmal unter dieser hindurch und nach rechts heraus. Wieder riss der Meister an dem Eisenteil, und nun hatte er es vom Magnet herunter bekommen. Er warf das gewichtige Teil drei Meter durch die Luft dem Lehrling Detlef zu, der es weiter bearbeiten sollte. Mein Kollege Düke und ich beobachteten die Szene und schauten uns wortlos – vielsagend – an ... !!!!

An einem anderen Tag – der Meister bearbeitete an der Flächenschleifmaschine ein in einer Vorrichtung festgeschraubtes Werkstück. An dieser Vorrichtung stand oben eine kleine Rundkopfschraube hervor. Um das Werkstück sicher zu schleifen, musste man zwischen Schleifscheibe und Schraube Abstand halten. Der Meister kurbelte eilig die Schleifscheibe herunter. Er achtete nicht auf die kleine Schraube, und – KRACKS ! – traf die Schleifscheibe mit Schwung auf das Schräubchen und zerplatzte. Zum Glück bröckelten die Trümmer der Schleifscheibe nach unten weg.

Günther, der Schwiegersohn des Meisters, kam gerade vorbei und kommentierte: „Nu, dä montierst se wohl stückweise …(!)" Und der Meister kochte still vor sich hin …

DAUSENDE (!) GEFLÜGELTE MEISTERWORTE

Eine knappe Stunde vor Feierabend saßen wir Lehrlinge mit dem Meister am Pausentisch, wo er uns etwas über Gewinde erzählte – rechtsdrehende, linksdrehende, eingängige, zweigängige, dreigängige, metrische, zöllige, verschieden genormte, firmenspezifische und viele mehr.

Ein Lehrling meldete sich und fragte: „Könnte man das nicht mal vereinheitlichen?"

Darauf der Meister leicht amüsiert: „Ä!!! Mei Jung, was gloobst'n wie da jeder an sein'm Zeich hängt. Nu, und bei 'n Nadeln erscht! Wisst ihr, wie viel Sortn und Systeme Nähnadln 's off dr ganzn Welt gibt?!" Er machte eine rhetorische Pause, um gleich die Antwort wie einen Kampfschrei herauszuschleudern:

Beim „au" der „Tausende" schnappte seine Stimme ins Kreischen über, die Lautstärke explodierte ihm förmlich. Wir Lehrlinge schauten uns an, es blitzte in den Augen, aber keiner verzog eine Miene. Bei so viel unfreiwilliger Komik ernst zu bleiben, strengte ganz schön an. Bald war Feierabend, und schon im Umkleideraum erzählten wir den anderen Kollegen von den „Dausenden", übten schon, die Wort-Kreisch-Explosion nachzuahmen.

„DAUSENDE!!!" wurde ein geflügeltes Wort. Wenn ich zum Beispiel darauf wartete, dass ein Kollege mit seinem Arbeitsgang an einem Werkstück fertig wurde, damit ich es weiter bearbeiten konnte, und ich ihn fragte: „Wie viele Teile hast du noch?" dann kam als Antwort: „DAUSENDE!!!"

DREHFUTTER IM FREIEN FLUG

Herr Nickel kam stundenweise in den Betrieb und verdiente sich mit Dreharbeiten ein paar Mark zur Rente dazu. Ich arbeitete an der benachbarten Drehbank, die gerade mit automatischem Vorschub lief und mir so etwas Zeit zum Klönschnack ließ.

Ich unterhielt mich mit José, meinem spanischen Kollegen. Wir standen neben Herrn Nickel. Der montierte auf seiner Drehbank ein neues Futter, das Teil, in dem die Werkstücke festgespannt werden. Das Futter war ungefähr so groß wie der Kopf eines Menschen. Dann schaltete Herr Nickel die Maschine an, und als sie auf Touren gekommen war, löste sich das Futter, flog einen Meter durch die Luft auf mich zu. Ich machte einen großen Schritt zur Seite. Das schwere Eisenteil landete dort, wo vorher mein rechter Fuß gestanden hatte. Herr Nickel schaute etwas abwesend auf seine Maschine.

Ich dachte: „Wo bin ich hier?!" und sagte zu José mit leichtem Kopfschütteln: „¡Los más viejos son los más peligrosos!" (Die ältesten sind die gefährlichsten!)

Grinsend setzte er hinzu: „Y los más tontos." (Und die dümmsten) Wie praktisch, dass wir unsere Geheimsprache hatten … !!!

DIE VERSCHLIFFENEN SCHIENEN

„So ein Mist! Auf die Länge von dem Senker hab ich nicht richtig geachtet. Jetzt ist dies Werkzeug – eine Art zweistufiger Bohrer – fünf Millimeter zu kurz geworden. Der Alte wird gleich wieder ausrasten!" So geistert es mir durch den Kopf, als ich dem Meister mein Machwerk präsentiere. Er misst den Senker kurz durch, schaut mich strafend an und faucht: „Nu, was hast'n da widdr fr änn Muuurx gemacht?! 'ch weeß bald ni mähr, was 'ch mit dir noch anfang'n soll!" „Ääääähm – ich hatte da so'n Reststück von dem Werkzeugstahl – äääähm – das ließ sich nicht so lang – äääh – in die Säge einspannen ..." versuche ich, mich rauszureden. „!Ä!!! Was ärzählst'n widder fir ä Zeich!!!!!" polterte der Meister los. „Jetzt machste dänn Senkr nochmal – abr richtch!!" Also rüber in die ehemalige Turnhalle, unser Materiallager, und ein Stück runden Werkzeugstahl absägen – diesmal aber lang genug!

Als ich zurück in den Oberen Saal komme, steht der Meister neben dem Kollegen Winfried, der gerade eine Serie Schienen für die Häkelmaschinen richtet. Sie sind in ihre Form gefräst und danach zum Härten in ein heißes Chemikalien-Bad getaucht worden. Dabei haben sie sich verbogen. Kollege Winfried prüft nun mit einem Haarlineal, wo die Schienen krumm sind und klopft sie mit einem kleinen Kupferhammer gerade. Eine Arbeit, zu der man Geduld und Geschick braucht. Der Meister schaut ihm ein paar Augenblicke zu und sagt: „Ä! Harr Korth, die brauchn Se ni zä richtn, die wer'n ja arscht noch vorgeschliffm – gäb'm Se her!", spricht's, nimmt die Schienen und geht Richtung Unteren Saal – zufrieden, dass er einen Arbeitsgang „weg-rationalisiert" hat.

Ich gehe auch bald in den Unteren Saal, um meinen Senker an der Drehbank zu bearbeiten. Da sehe ich den Meister leicht vornübergebeugt an der Flächenschleifmaschine sitzen und irgendwelche Teile schleifen. Angespannt schaut er auf die Maschine, so als arbeite sie ihm zu langsam.

Ein paar Tage später sitzt er an seinem Platz im Oberen Saal, misst die Schienen mit dem Mikrometer und stößt entsetzt hervor: „Nu, die sind doch alle untr Maß! Günthor!!! Welchr Idiot hat'n die Schien'n verschliffn?!!!!!" brüllt er durch den Raum. Und Günther, sein Schwiegersohn, ant-wortet: „Nu, das warst doch du!" Der Meister starrt in die neunfädige Flatlock, die er gerade einnäht und flucht still vor sich hin. Alle grinsen, und ich denke: „Treffer – versenkt!"

Wenn der Meister meint, dass bald Gras über seinen Schienen-Schnellschuß gewachsen ist, dann liegt er schief. Kollege Manfred wartet schon ungeduldig auf die Teile, um eine Serie Häkelmaschinen fertig zu montieren. Drei Tage später fragt er laut und deutlich: „Sag mal, Günther, was is denn jetzt mit den Schienen?!" Darauf Günther – für alle gut vernehmbar: „Nu, die hat uns dor Meester verschliffn." Wer's noch nicht wusste, weiß es jetzt. Der Meister sitzt an seinem Platz hinten im Oberen Saal und kocht still vor sich hin. Ein „Hä-hääää!" liegt in der Luft. Man hört es nicht, aber es ist da …

Rund eine Woche später – eine neue Serie Schienen geht in Arbeit – und der Meister spricht in drohendem, explosionsschwangeren Tonfall, so als hätte nicht er, der Müller-Herbert, sondern sein Schwiegersohn den Schienen-Bock geschossen: „Günthor!!! Baß off, dass ihr mir die Schien'n ni beim Vorschleifn verschleift!!!!" worauf Günther ganz gelassen erwidert: „Nu, ich heeß doch ni Herbert ....!" Wortlos dreht sich der Meister um, schaut niemanden an und stapft auf seinen Platz zu. Und abermals schwebt ein lautloses „Hä-Häääää!" durch den Saal. „Er nun wieder ...!"

Und mein Senker – der gelang mir im zweiten Anlauf beanstandungsfrei.

DER STÖRRISCHE SCHRAUBSTOCK

„Wieso krieg ich immer ein'n gewischt, wenn ich diesen Schraubstock anfass?!" fauchte der Kollege, der ein Loch in ein Werkstück bohren wollte, aber nun vor einem Hindernis stand. „Ich hatte das gestern auch", bemerkte ein anderer Kollege. Der Bohrschraubstock lag auf dem Bohrtisch im oberen Saal. Man legte ihn auf die Arbeitsplatte der fest installierten Tischbohrmaschine, spannte sein Werkstück in den Schraubstock, schob die markierte Stelle unter den Bohrer und bohrte. Einer dieser Schraubstöcke verweigerte nun den Dienst. Wer ihn anfasste, kriegte einen elektrischen Schlag, und alle rätselten, woran das liegen könnte.

Günther, der Schwiegersohn des Meisters, ging schließlich der Sache auf den Grund: „Nu, ich hab doch mit'm Rüdiger (einem Lehrling) den Bohrtisch neu gemacht. Da hammr de Leitungn neu vrlegt und ne neue Abdeckung droffgenaglt". Er ging zum Bohrtisch und prüfte, wo die Stromkabel unterhalb der Deckplatte langliefen. „!Ä!" entfuhr es ihm, „hier hammr än Nagl direkt ins Stromkabl neigekloppt, und off'm Kopp von dän Nagl oben off dor Deckplatte da steht dar Schraubstock! Kee Wundr, daß mr een'n gewischt kriechn!" Schnell schraubte er die Sicherung für den Bohrtisch heraus, zog den Nagel und schraubte die Sicherung wieder rein. Der Spuk war vorbei, und wir lachten drüber. Einer meinte noch: „Bloß gut, dass der Meister den Schraubstock nicht angefasst hat!" Darauf Günthers Kommentar: „Nu, da wär dor Friedn hops gewäsn!"

STINKE, WEM GESTANK GEGEBEN

Die Nähmaschinenfabrik stellte nicht nur ihr Standardprogramm her – sie bediente auch Kunden mit Spezial-Problemen. So stand eines Vormittags ein ländlicher Mittfünfziger in schmuddeliger blauer Arbeitsjacke im Unteren Saal. Er präsentierte unserem Meister eine mit Fett verschmierte, übelriechende Haushaltsnähmaschine: „Herr Müller, dat Ding geiht nich!"

Herr Brüshafer, der in Klein Pampau im südlichen Kreis Herzogtum Lauenburg Wurstpellen aus Naturdarm auf einer völlig ungeeigneten Maschine nähte, stand vor ihm. Der Meister nahm die Herausforderung an, hier eine Lösung zu finden – wenn er auch sehr gereizt dabei wirkte. Er schraubte Greifer, Transporteur und Nadelstange ab, wusch die Teile in Waschbenzin, baute sie wieder ein und probierte etwas aus. Dann rief er mich, deutete auf das Brüshafer'sche „Einnähmaterial" und knarrte: „Glaus, nimm denn Mmmmist und schmeiß'n in'n Oschegiebl!" Der Mülleimer hieß damals oft noch „Ascheimer".

Meister Müller besorgte eine Teppich-Nähmaschine, die von Haus aus für dicke Stoffe gemacht war. Aber mit den glitschigen, salzigen Därmen klappte es noch nicht zuverlässig. x-mal stand Brüshafer in der Fabrik.

Alle waren gereizt. „Ach, du Schiete – Stinki is wieder da ...!"

Einmal hielt ich dem Meister eine Schublade mit alten Ersatzteilen hin. Er suchte etwas, nahm das eine oder andere Teil heraus und pfefferte es wieder zurück. Herr Brüshafer stand daneben, kniff den Mund zu und blickte streng. „Du fääählst mr noch in meinr Sammlung!" fauchte ihn der Meister zwischendurch an. Ich kniff auch den Mund zusammen – verkniff mir das Lachen.

Um die Belegschaft zu „bestechen" brachte „Stinki" ab und zu eine große leckere Mettwurst mit, die wir uns in den Pausen schmecken ließen. Eines Tages kam der Meister in den Oberen Saal, setzte sich an den Pausen-Tisch und sprach den Kollegen Ernst G. an, der wenige Meter entfernt arbeitete: „Ich war bei dem in Klein Pampau. Harr Gerken, wenn Se das gesähn ham, dann essn Se kenne Wurscht mähr! Ennnde!"

Einen Auftritt des Entertainer-Duos Brüshafer-Müller sehe ich noch wie heute vor mir. Der Wurstnäher suchte uns mal wieder heim und gnaddelte kurz und knapp: „Herr Müller, ich brauch was, was geht! Meine Kunden beschwer'n sich! Ich hab Liefertermine! Ich hab Produktionsausfall. Warum löpt dat nich?!!!"

Und Meister Müller hub an zu einem Bauerntheater reifen Auftritt. Der Zwei-Meter-mal-zwei-Zentner-Mann im mausgrauen Arbeitskittel und mit zentimeterkurzen weißen Haaren auf dem Kopf hob seine Hände vor den Oberkörper, den er leicht vorbeugte, rollte die Augen himmelwärts wie in Trance und indem er Arme und Oberkörper leicht hin- und herpendeln ließ, stieß er hervor: „Harr Brüshafr! Glau'm Sä mir! Ich befass mich damit! **Inn-! tenn-! -siiiv!!!!**", wobei er beim „Inn-tenn-siiv" jede Silbe durch ein Extra-Schaukeln einzeln betonte.

Ich drehte mich schlagartig weg und kicherte lautlos vor mich hin. Hätte ich dem Meister noch länger bei seiner Szene zugeschaut – ich hätte laut losgeprustet.

So hatte der Meister mal wieder – in-ten-siv – für Unterhaltungswert gesorgt …

DIE WIDERBORSTIGE RETOURKUTSCHE

* Namen verändert

Wir standen im Oberen Saal neben dem Bohrtisch und klönten – Kollegin Emmi* aus der Nadelabteilung, mein Mitlehrling Wolfgang und ich. Emmi grinste uns vertraulich an: „Dem Ludwig* hab ich ordentlich einen mitgegeben!", sagte sie. Wolfgang und ich spitzten die Ohren. Lief da nicht was zwischen ihr, der attraktiven Fünfzigerin und dem Kollegen Ludwig, einem flotten Mittzwanziger?? Auf dem Polterabend einer Kollegin hatten sie beim Tanzen ausdauernd geknutscht, und alle konnten zuschauen. Nur – am falschen Ort und zur falschen Zeit wird aus der Streicheleinheit ein Übergriff … !

Sie erzählte uns: „Ich steh an der Polierscheibe, und Ludwig sitzt hinter mir. Ich hab 'nen Rock an und keine Strümpfe drunter. Auf einmal streicht er mir von hinten mit der Hand am Bein hoch. Ich denk: „Das machst du nicht nochmal!" Am nächsten Tag steh ich wieder an der Polierscheibe, er sitzt hinter mir und fährt wieder mit seiner Hand an meinem Bein hoch. Auf einmal kriegt er einen Riesenschreck, zieht ganz schnell seine Hand zurück und sitzt mit hochrotem Kopf da. Ich hatte mir einen borstigen Handfeger zwischen die Oberschenkel geklemmt. Danach hat er das nie wieder gemacht."

MIT LIEBE GESTRICKT

*Namen verändert

„Guckt mal, Jungens!" Kollegin Emmi* stand neben Lehrling Wolfgang und mir – ein mit beigefarbenem Samt bespanntes Kästchen, so groß wie eine kleine Zigarrenkiste in der Hand. „Das hab ich für Heinrich* zum Geburtstag gestrickt." Sie öffnete das Kästchen. Drin lag ein kleiner Schlauch aus Wolle, etwas größer als ein Finger und mit zwei Bällchen am offenen Ende. Wir kicherten los. Heinrich stand in dem Ruf, der Betriebsbock zu sein. Er hatte wohl schon mit mehreren Kolleginnen ein Techtelmechtel gehabt.

Der Geburtstag dämmerte herauf. Emmi kam zehn Minuten vor Arbeitsbeginn, um das Geschenk richtig schön zu präsentieren. Sie wischte den Staub von der Arbeitsfläche neben Heinrichs Schraubstock, legte ein Spitzendeckchen hin, stellte eine kleine Vase mit einem Blümchen drauf – und legte das Geschenk dazu. Alle warteten gespannt, was Heinrich wohl täte, wenn er an seinen Platz kam.

Er kam und lächelte verlegen, als er das Arrangement sah. Er beschaute es, konnte sich jedoch nicht dazu entschließen, es zu öffnen. Ein Kollege sagte: „Ja Heinrich, jetzt musst du dein Geschenk auch mal angucken!" Irgendwann am Vormittag klappte er schnell den Deckel hoch, ließ ihn wieder herunterfallen und grinste noch verlegener.

Ein leises aber gut hörbares „Hä-hääää!" ging durch den Oberen Saal.

Nachdem am Nachmittag der Meister den Oberen Saal verlassen hatte, ging Emmi mit noch einer Kollegin zu Heinrich und sagte: „Jetzt musst du das Geschenk mal anprobieren, ob es dir auch passt!" Sie huschten ganz dicht an ihn heran und versuchten, ihm die Hose auszuziehen – zumindest taten sie so. Heinrich wehrte die Frauen ab, und eine muntere Kabbelei mit viel Gekicher und Gegacker entwickelte sich – bis von der Holztreppe schwere Schritte heraufgnarzten. So klang es, wenn der Meister mit seinen zwei Zentnern und einer Beinprothese die Stufen hochstieg. Wer sich gerade woanders aufhielt, eilte an seinen Platz und vertiefte sich in seine unterbrochene Tätigkeit. Die Tür zum Oberen Saal ging auf, aber statt dem Meister war Lehrling Detlef die Treppe hochgekommen. Vor ein paar Minuten war er runter in den Unteren Saal gegangen, hatte sich überzeugt, dass der Meister sich dort nicht aufhielt und hatte dann dessen Treppengeräusch nachgestampft. Dreckig grinsend stand er im Raum, und alle waren emsig bei der Arbeit.

Wenn ich mich an den Wochenenden mit meinen Schulfreunden traf, konnte ich oft Geschichten wie diese brühwarm präsentieren, so dass meine Freunde immer sagten: „Klaus, erzähl uns mal das Neueste vom „Sex-Report!"

SCHWEISSEN MIT THEATERDONNER

Lange Wege im Gebäude, viele Stufen und Absätze, der Untere Saal beengt und düster – der ganze provisorische Nachkriegsbau drückte auf die Stimmung. 1968/69 wurde dann endlich ein Neubau der Fabrik geplant – mit großzügigen Räumlichkeiten auf einer Ebene. Ich hatte die Aufgabe, die Werkzeugmaschinen auszumessen und die Platzverteilung im neuen Betrieb mit zu planen.

Hier war ich zur Abwechslung so eifrig dabei, dass der Meister anerkennend bemerkte: „Nu, das bringt dir wohl Spaß!"

Gar keinen Spaß brachte mir der Gedanke an meine Gesellenprüfung. Die meiste Zeit war ich für Hilfsarbeiten eingesetzt worden. Anspruchsvolle Teile nach Zeichnung anfertigen? Pustekuchen!

„Du kommt dorthin, wo ä Engpass is!" hieß es.

Oft wusste ich nicht, was ich in mein Ausbildungs-Berichtsheft schreiben sollte. Wenn ich die interessanten Ausarbeitungen meiner Klassenkameraden in der Berufsschule sah, wurde mir ganz schwummerig zumute. Ich ging Samstags – in meiner Freizeit – in den Betrieb und übte, gerade Flächen zu feilen.

Mindestens einmal schimpfte der Meister dabei herum: „Was machst'n da widder für ä Zeich?!!!" Ich stellte die Ohren auf Durchzug und feilte. Allmählich konnte ich es. Irgendwann lernte ich, Vorrichtungen zu bauen und selbständig Drehbänke und Fräsmaschinen einzustellen.

Angeleitet von einem Kollegen und mit dem Wissen aus der Berufsschule im Hinterkopf übte ich mich auch im Gas-Schweißen. Bald drauf sollte ich für den Meister etwas schweißen.

„Pass off, ich zeig dir wie's geht!", sagte er, und ich dachte: „Was das wohl wird???!" Wenn er „schweißte", dann plöppte, knallte und puffte es die ganze Zeit. Die gleichmäßige Schweißflamme ließ sich nicht herbeihektisieren. Der Meister stand mit angespanntem Gesicht da, und die Kollegen grinsten still vor sich hin … Ich zündete die Flamme am Brenner so, wie ich es gelernt hatte, und es klappte. Der Meister drängte: „Nu, dreh nur's Gas richtch off!"

Ich dachte: „Das ist doch falsch, in der Berufsschule hab ich's anders gelernt!" und tat nicht, was der Meister mir sagte. Er wurde immer ungeduldiger: „Nu, warum drehst'n 's Gas ni off?!!!" Hinter dem Meister saß ein Lehrling an seinem Schraubstock. Er amüsierte sich so über unsere Szene, dass es ihn vor lautlosem Lachen schüttelte. Ich fand es gar nicht zum Lachen, wie ich mit dem wild gewordenen Zwei-Meter-mal-Zwei-Zentner-Koloss in die Ecke gedrängt dastand. Schließlich wurde es ihm zu dumm. Er löschte die Flamme, knallte den Brenner auf die Halterung an der Wand und schimpfte: „Und wenn de ni droffhorchst was'ch dir saach, dann red mr mal in änn annrn Don mitänannr!!!" (Und wenn du nicht drauf hörst, was ich dir sage, dann reden wir mal in einem anderen Ton miteinander.) Drauf stapfte er still vor sich hin kochend hinter in seine Meister-Ecke.

Am nächsten Tag erzählte ich Ernst G, unserem Schweiß-Fachmann, von meinem Zusammenstoß mit dem Meister.

Ernst, ein Mann, der sein Handwerk verstand, grinste gelassen und sagte einen Satz, der mir runterging wie Öl:

„Der Meister kann nich' schweißen."

2020 ließ ich einen sprechenden Vogel diese Geschichte kommentieren – in einem Lied über die Unsitte, sich mit Ausrufen wie „Ach, ich Idiot!" selber runterzuziehen.

.

KOPF-AQUARIUM

Schon wieder was vermasselt!
Ich Trottel hab's vergeigt!
Die Selbstbeschimpfe prasselt.
Na, das kennt ihr ja von euch.
So dröhnt's mir in den Ohr'n:
Hopfen und Malz verlor'n!
Mein Kopf ist wie'n Aquarium,
wo sich die Fische beißen
und dann wie'n Planetarium,
wo sie mit Sternen schmeißen.
Da flattert vor mir fluffig-flott
ein Vogel, und der gnarzt:
„Wie redest du dich selbst kaputt?!
Das schreit ja nach'm Arzt!
Wer trieb dies Gift dir rein?!"
„Du Vogel – mir fällt was ein!"
Lehre, Meister, Dauergeknurx:
„Ä!!! was machst'n du fr'n Murx?!"
Immer flog's mir um die Ohr'n:
„Bei dir is Hopfm und Malz vrlor'n!"
Schlossermeister – Big Boss Show,
und schweißte der Meister, dann klang das so:

POFF – PAFF – PUFF – ZISCH – PÖFF – PÄFF – PUFFZ
PLÖPP – ZISCHL – PENG – SCHPLUFFFZZZZ
Wir könn'n uns kaum das Lachen verbeißen,
da ruft der mich: „Jetzt lernste 's Schweißn!
Da haste hier 'n Saurstoff
und dort 's Gas – nu, dreh's nur richt'ch off!"
„Öööö – Berufsschule anders beigebracht …"
„!Ä!!!! Du horchst droff, was ich dir sag!!!"
Er löscht die Flamme, knallt mit Schwung
den Brenner auf die Halterung,
stapft kochend in sein Meister-Eck,
ich steh entgeistert da vor Schreck
Ich geh zu unser'm Schweißer – frag:
„Wie konnt' das so entgleisen?!
Was hab ich da jetzt falsch gemacht???"
Er grinst: „Der Meister kann nich' schweißen."
Der Vogel schnarrt: „Dein Meister macht's
wie in 'ner Diktatur:
Er macht den Leuten Angst
und sich zur Witzfigur.
Was träumt der Meister nachts??
Hinter ihm, da lacht's – da lacht's aus voller Kehle.
Und wenn Patzer dir passier'n,
schmeiß den Meister aus dein'm Hirn,
und bet für den Frieden seiner Seele".
Ich schließe das Aquarium,
das wird erstmal gereinigt
und geh ins Planetarium,
wo sich Sternenkraft vereinigt.

WARUM NICHT GLEICH SO?!

„!Ä!! Das sieht doch nach nüscht'n aus! Das machste nochmal richtch!", gnaddelte der Meister den Lehrling Wolfgang an, als der ihm den frisch gefertigten Senker gab.

Wolfgang wusste nicht so recht, was der Meister an dem Aufbohrwerkzeug auszusetzen hatte. Er sagte erst einmal: „Ja, Herr Müller, alles klar, mach ich", ging zu seinem Schraubstock, wo er den Senker gründlich prüfte. Die Maße, die er an der Drehbank aus dem runden Werkzeugstahl-Rohling herausgearbeitet hatte, stimmten. Damit man sich an den scharfen Kanten nicht die Finger verletzte, hatte er diese gefährlichen Stellen mit der Feile geglättet – frei nach dem Motto: „Ich bin der Dreher Eilig – was ich nicht dreh, das feil ich". Er legte den Senker neben seinem Schraubstock ab und fuhr mit der Arbeit fort, die er deswegen unterbrochen hatte.

Im Oberen Saal feilte, bohrte, schmirgelte und polierte es, bis schließlich um Viertel nach Vier das BIM-BIM-BIM-BIM der Metallplatte im Treppenaufgang den Feierabend einläutete. Oberer und unterer Saal leerten sich. Der Meister blieb etwas länger, um an einer Sondermaschine herumzutüfteln, und schließlich ging auch er. Nun geisterten nur noch die Staubpartikel durch die Räume. Eine Weile glänzte die Abendsonne auf Wolfgangs Senker, bald dämmerte es, und das letzte Tageslicht verzog sich, bis der Mond durch die angestaubten Fabrikfenster glotzte.

Außer den Mondstrahlen wirkte nichts auf den nach Ansicht des Meisters unfertigen Senker ein. Der Mond verkroch sich irgendwann hinter dem Horizont, und schließlich dämmerte der nächste Morgen herauf. Die Belegschaft trudelte ein, so auch Wolfgang. Der griff sich den Senker, an dem er NICHTS getan hatte, ging damit zum Meister und sagte: „Guten Morgen, Herr Müller, hier ist der Senker, ich hab ihn nochmal bearbeitet."

Darauf der Meister nach einem kurzen Blick auf das Werkstück: „Nu, mei Jung, warum haste's'n ni glei so gemacht?"

„Ja, Herr Müller, nächstes Mal mach ich das gleich so", erwiderte Wolfgang, ging an seinen Arbeitsplatz und konnte sich nur mühsam das Lachen verkneifen.

GEIZ LASS NACH

Mein Großvater hatte schwierige Zeiten erlebt – die Hyperinflation in den 1920er Jahren, als das Geld nichts mehr wert war und man mit Billionen hantierte – und nach dem zweiten Weltkrieg dann den allgegenwärtigen Mangel. Er begegnete den Widrigkeiten mit eisernem Sparen. Die Zeiten änderten sich, aber er nicht. Ihm fielen immer wieder neue Einsparmöglichkeiten ein:

- Notizzettel: Hierfür wurden beschriebene Blätter auf halbes Postkartenformat zerschnitten, um dann die eigenen Notizen zwischen die Zeilen zu schreiben, wo man sie nur mit viel Mühe lesen konnte.

- Aktenablage: Bei einem Mölln-Besuch in den Siebziger Jahren entdeckte ich auf dem Schreibtisch meines Großvaters den Schriftverkehr zu einer Maschinen-Bestellung als Lose-Blatt-Sammlung. Ich war so frei, nahm einen Aktenordner und heftete den Vorgang ab ...

- Geschenke: Zum Geburtstag und zu Weihnachten kriegte ich von ihm Werbegeschenke, die er von Geschäftspartnern bekommen hatte. Als ich noch im Grundschulalter war, störte es mich nicht weiter – die postkartengroßen Notizkalenderhefte eigneten sich gut für stichwortartige Tagebuchnotizen. Als Jugendlicher dachte ich mir dann meinen Teil ...

- Kleidung: 27. Mai 1966, an seinem 75. Geburtstag morgens zu Hause. Er hatte vor, in der Frühstückspause seinen Arbeitern eine kurze Ansprache zu halten. Tochter Elvi war zu Besuch und schimpfte wegen seines abgetragenen, ausgeblichenen Anzugs: „An dei'm Geburtstag, da kannste doch nich den ollen Anzug anziehn! Da siehste ja aus wie ä Hampersch! (ein Penner) Was solln'n deine Arbeiter von dir denken?!"
- Sprit für den Firmenwagen: Eine Autofahrt mit ihm konnte schon mal abenteuerliche Züge annehmen. An einem Sonnabend im März 1968 fuhren wir zu einem Kunden nach Neuss. Seit ein paar Monaten hatte ich den Führerschein, und mein Großvater ließ mich ans Steuer. Als wir in die Nähe von Kamen kamen, rollte der Wagen aus und blieb stehen. Ich konnte ihn gerade noch auf den Seitenstreifen lenken. Der Tank war leer. Als Führerschein-Neuling hatte ich noch nicht alles im Blick – aber ich fand, er als erfahrener Fahrer hätte ruhig was zum Thema „Tanken" sagen können …

Ich glaube, er hatte eine zwanghafte Abneigung gegen alles, was mit Geldausgeben verbunden war.

Ausnahme von der Regel: Als ich im Grundschulalter war, ging er sonntags öfters mit mir spazieren. Und – höre und staune! Wir kehrten immer mal in Brandt's Gasthof am Drüsensee ein. Ich schaffte es, ihm ein paar Groschen für eine Limo und für die Musik-Box aus der Tasche zu leiern.

Als ich Jahrzehnte später meiner Mutter davon erzählte, fragte sie mich ganz erstaunt: „Nu, wie hast'n das geschafft?!"

BONNE CHANCE EN FRANCE

Französisch hatte in der Realschule nur ein Schattendasein als Wahlfach geführt. Aber nun – 1967 – fuhr ich im Urlaub nach Frankreich, um meine Sprachkenntnisse gründlich aufzupolieren. Zu meinen vier Wochen Urlaub bekam ich vorweg noch zwei Wochen extra, um in Troyes, 160 Kilometer südöstlich von Paris, bei Firma Vitoux zu arbeiten, einem Kunden von uns, der Textilmaschinen und Graviermaschinen nebst Buchstaben herstellte.

Am Montag, den 17. Juli holte mich eine sympathische junge Frau am Bahnhof ab und fuhr mich zu Firma Vitoux, wo mich die Sekretärin Madame Lafille erst einmal überall vorstellte. Ich logierte bei Familie Legris, ihren liebenswürdigen Nachbarn. Madame Lafille kam aus Deutschland und war mit einem Franzosen verheiratet. Sie hatte Arbeit und Unterkunft für mich arrangiert – für zwei Wochen. „Moment mal!" dachte ich, „zwei Wochen? Ich soll doch sechs Wochen in Frankreich bleiben? … !" Sofort schrieb ich eine Postkarte an meinen Großvater – dass es sehr schwierig sei, im Urlaubsmonat August in Troyes Unterkunft zu finden. Ob er mal bei anderen Kunden in Frankreich fragen könnte – „zum Beispiel bei Firma Frobert in Besançon".

Einen Eindruck von Besançon und Umgebung bekam ich gleich am ersten Wochenende. Meine Gastfamilie nahm mich mit zu einem Ausflug an die Schweizer Grenze, wo wir ihren jüngsten Sohn in seinem Pfadfinderlager besuchten.

Tagebuchnotiz: „Sa. 22.7. Losgefahren gegen acht, über Besançon, sehr schöne Stadt. In Ornans gegessen, sehr malerisch. Tal der Loue – wunderbar, Felsen, tief unten Fluss, Loue-Quelle gesehen, einmaliger Anblick. Restliche Strecke nach Jougne auch sehr schön, zwei Burgen auf Bergen. In Jougne zum See gefahren, gebadet, abends Christian in Colonie des Vacances besucht, Aussicht zum Aiguillion (Schweiz)".

Bei der Rückfahrt suchte Familie Legris für mich in Besançon nach der Firma Frobert, nur sie fanden nichts – auch nicht im Telefonbuch. Sie sagten mir aber, dass es in Frankreich überall Wohnheime für junge Berufstätige – Foyers de jeunes travailleurs – gäbe. Am Montag im Betrieb riet mir Madame Lafille, auf Kosten von Firma Vitoux mal mit meinem Großvater zu telefonieren. Der klärte mich auf, dass Frobert nicht in Besançon sondern eine Ecke weiter südlich in Roanne säße. Er könne jetzt aber nichts für mich tun. Wohl wahr: In Frankreich bei einer Firma wegen Ferienunterkunft im August anzufragen wäre sinnlos gewesen. Gott sei Dank hatte ich meine Schutzengel in Gestalt von Madame Lafille und Familie Legris. Mit deren Hilfe mietete ich mir ein Zimmer im „Foyer La Famille", einem Wohnheim für junge Berufstätige in Besançon.

Mein Großvater hatte mich für sechs Wochen nach Frankreich geschickt, damit ich mein Französisch aufpoliere, aber nur für die ersten zwei Wochen meine Unterkunft geregelt. Dabei ließ er mich in der falschen Sicherheit, dass für alles gesorgt sei. Einmal mehr lernte ich seine zwanghafte Seite kennen. Alles was mit Urlaub zusammenhing, fasste er widerwillig an, auch wenn der Urlaub ja seinen Zwecken diente. „Mei einzchr Urlaub war, wie se mich anderthalb Jahre eingesperrt ham," kommentierte er dies Thema. Und ich erlebte einmal mehr, dass ich mich nicht auf ihn verlassen konnte.

Aber: Da er seine Arbeit nur halb gemacht hatte, konnte ich mir einen wunderbaren Urlaub in einer traumhaften Gegend von Frankreich organisieren mit vielen Tramptouren, Begegnungen, Gesprächen. Ich war so frei wie noch nie vorher, mir jeden Tag nach eigenem Gusto zu gestalten. Meinem Selbstvertrauen tat das sehr gut. Und so freute ich mich über den gelungenen Urlaub und über meine „Schutzengel", die mir dazu verholfen hatten.

Die Kollegen aus der Gravierabteilung bei Vitoux in Troyes

JE ROULE POUR MOI

Im Französischen gibt es eine Redensart, mit der man Menschen charakterisiert, die vor allem in die eigene Tasche wirtschaften: „Je roule pour moi." Das heißt wörtlich: „Ich rolle für mich". Damit wird ein PR-Werbespruch der Speditionsbranche verballhornt: „Je roule pour vous" – „ich rolle für Sie."

„Rouler – rollen" heißt in der Umgangssprache auch „über's Ohr hauen". „Ce salot, il m'a roulé!" bedeutet soviel wie: „Der Dreckskerl, der hat mich angeschmiert!"

Soviel zum sprachlichen Verständnis. Und nun das Geschichtchen dazu:

Mein Großvater wollte mich an's Kaufmännische heranführen. Dazu hatte er mir den Auftrag gegeben, in meinem Urlaub seine Kunden in Troyes und Paris zu besuchen. Sie befassten sich mit Nähmaschinen-Handel und -Reparatur. Eine der Firmen machte in Frankreich die Vertretung für die Irmscher-Maschinen. Ich sollte nun den anderen Firmen sagen, sie könnten auch direkt bei uns bestellen und so die Provision für unsere Vertretung sparen … !

Man kann auch über die eigenen Füße stolpern …

ORGANISAÇÃO? NÃO!

Im Sommer 1968 wollte mein Großvater seine Kunden in Portugal besuchen. Auf diese Reise nahm er mich mit, damit ich mein Spanisch anwenden könnte. Spanisch und Portugiesisch ähneln sich ja sehr. Mein Schulfreund Norbert durfte auch mitfahren. Am Samstag, den 20. Juli kamen wir bis nach Besançon in Frankreich. Dort übernachteten wir in meiner Urlaubsunterkunft vom Vorjahr, einem Wohnheim für junge Berufstätige. Die Zimmer hatte ich uns per Brief reserviert. Am zweiten Tag ging es rüber zur Atlantikküste und über die spanische Grenze. In einem kleinen Gasthaus hinter San Sebastian übernachteten wir. Mit dem Fahren lösten wir drei uns ab. War mein Opa dran, dachten Norbert und ich bei jedem Hindernis vor uns: „Wann bremst der endlich?!" Recht bald ließen wir ihn nicht mehr ans Steuer. Am dritten Tag erreichten wir Portugal. Wo in Spanien die sonnenverbrannte Landschaft gelb und kahl vor sich hin staubte, fuhren wir hier durch eine grüne, bergige Waldgegend. Norbert und ich sprachen nicht das Thema „Nachtquartier" an, und vom Chef kam auch nichts. Also kampierten wir bei Guarda in Nord-Portugal im Auto ...

Am nächsten Tag, Dienstag den 23. Juli, tauchten wir ins Verkehrsgetümmel der Großstadt Porto ein und versuchten, eine Straßenkarte zu kriegen. Fehlanzeige! Auf die Idee, sich vom Kunden eine Wegbeschreibung schicken zu lassen, war der Chef nicht gekommen … Dann suchten wir in einem Vorort vergeblich nach einem Kunden, und wurden, nachdem wir etwas ratlos in der Gegend standen, von einer freundlichen Familie zum Mittagessen in ihrem Garten eingeladen. Nach erfolgloser Kundensuche am Nachmittag ließ uns die Familie sogar bei sich im Garten übernachten.

mein Großvater und ich 1968

Am Mittwoch brachten wir Norbert nach Foz do Douro, einem Vorort von Porto, wo er sich ein Zimmer in einer Pension nahm. Er hatte jetzt Urlaub. Mein Opa und ich suchten wieder nach einem Kunden. Das Mittagessen fiel aus. Irgendwann am Nachmittag fanden wir schließlich die gesuchte Deckenfabrik, deren temperamentvoller Chef, Senhor Barbosa, uns herzlich empfing. Wir saßen draußen, und mein Großvater unterhielt sich mit ihm. Mir war von der Hitze und der nervlichen Anspannung so schlecht geworden, dass ich in die Hecke reiherte. Danach ging's mir besser. Zum Glück hatte Senhor Barbosa eine fürsorgliche Ader: Am Abend gingen wir essen in einem ansprechenden Gartenlokal. Drei Angestellte der Deckenfabrik waren auch dabei. Ich erinnere mich noch, wie Senhor Barbosa den damaligen portugiesischen Diktator Salazar nachahmte – zur Gaudi der am Tisch sitzenden. Ich fand die Verständigung auf Spanisch doch etwas mühsam – und lernte Portugiesisch. Ein paar Lautverschiebungen hatte ich mir bald gemerkt – und schon bewegte ich mich in einer neuen Fremdsprache.

Am Donnerstag besuchten wir eine andere Deckenfabrik. Die Maschine, die mein Großvater ihnen geschickt hatte, war noch nicht angekommen. Dann fuhren wir nach Foz do Douro; ich checkte in der Pension ein, in der Norbert logierte und klinkte mich damit auch in den Urlaub aus.

In unseren zehn freien Tagen erkundeten wir Porto und Umgebung, gönnten uns Weinverkostungen in vier Portweinkellern, klönten mit vielen sympathischen jungen Portugiesen und staunten, dass uns hier auch Mädchen von sich aus ansprachen. Sie suchten einfach Gesprächskontakte außerhalb ihrer autoritär regierten Käseglocke am Rande Europas. Zwei Schwestern, Filomena und Magdalena, luden uns sogar zu sich nach Hause ein, stellten uns ihren Eltern vor. Mit Filomena tauschte ich noch rund zwei Jahre lang Briefe aus – auf Portugiesisch. Eine andere Freundin, Francelina, lud uns zu einer Beach-Party mit ihrem Freundeskreis am Wochenende ein. Zu unserem Pech hatte der Chef alles erledigt, was er vorgehabt hatte, und jeder Tag länger hätte ja Geld gekostet. Also stieg die Festa na Praia, die Beach-

Party, ohne uns. War da was mit Gelegenheit zum Sprache Lernen ... ?!!!

Sonntag, den 4. August machten wir uns auf die Rückreise. Opa hatte zwischendurch getankt. Das merkte ich, als ich mal schnell beschleunigen wollte, um aus einer brenzligen Situation herauszukommen. Der Motor zog nicht an – im Gegenteil – er verreckte mir. Der Chef hatte die billigste Benzinsorte getankt, die für unsere deutschen Autos gar nicht geeignet war. Stress lass nach!

Norbert und ich lösten uns mit dem Fahren ab – in Deutschland besuchten wir noch drei Kunden, und am Donnerstag, den achten August rollten wir wieder in Mölln ein. Wir hatten Opas „Organisationstalent" kennengelernt, und das reichte erst einmal ... !

FINGERÜBUNGEN MIT FERNWIRKUNG

Eigene Gedanken, was ich mal beruflich tun wollte, hatte ich mir zu Schulzeiten nicht gemacht. Opa hatte ja festgelegt: „Du übrnimmst'n Betrieb." Und dann – lernte ich mit dreizehn Jahren das Gitarre Spielen. Nach ein paar Monaten schrieb ich eigene Lieder – erst einmal mit der Qualität von Fingerübungen, aber es sollte sich entwickeln. Ab 1964 spielte ich in „Beat-Bands" mit. Nun gab es etwas, wofür ich brannte. Mein Großvater nahm meine musikalischen Aktivitäten nicht allzu ernst. Als ich dann den Führerschein hatte, lieh er mir auch sein Auto, dass ich zu meinen Auftritten fahren konnte. Einmal verschob er dazu sogar einen eigenen Haushaltsnähmaschinen-Service-Termin. Eine Zeitlang durften wir in der alten Turnhalle, dem Materiallager der Firma, üben. Aber wie das bei einer Band so ist – Gitarren und Gesang müssen das Schlagzeug übertönen. Prompt beschwerte sich die Nachbarschaft: „Zu lauuuuuuut!!!" Also: Den nächsten Übungsraum suchen … !!!

1968 mussten Bassist und Drummer meiner zweiten Band zur Bundeswehr. Da fing Düke Benditz aus Mölln bei uns im Betrieb als Schleifer an. Er hatte schon in einigen Bands als Sänger und Schlagzeuger mitgespielt. Oft arbeitete ich an den Fräsmaschinen gleich neben der Schleiferei. Wenn unsere Maschinen mit automatischem Vorschub lie-

fen, hatten wir Zeit zum Klönen. Bald kamen wir auf die Idee, die Band „The In-Sect" zu gründen. Ich schnappte mir die Sologitarre, Düke setzte sich ans Schlagzeug – den Gesang teilten wir uns. „Kuki" Kuboth, den ich aus der Evangelischen Jugend kannte, zupfte den Bass, und Klaus Harten aus meiner vorigen Band rundete mit der Rhythmusgitarre unsern Sound ab.

Kuki (im Foto links) war handwerklich und technisch sehr geschickt. Er spielte auf einem selbstgefertigten E-Bass, der ganz passabel klang. Mir lieh er eine E-Gitarre Marke Eigenbau, die der Rickenbaker des Beatles-Sologitarristen George Harrison nachempfunden war. Ich spielte gerne auf dem Instrument.

Auch ich baute mir mal was: Einen Mikrofonhalter. Den gab ich meinem Großvater zum Vernickeln bei Galvanik-Gnass in Hamburg-Winterhude mit, als er, wie jede Woche, zu Besorgungen für die Firma nach Hamburg fuhr. Abends zu Hause erzählte er mir: „Dein'n Mikrofonhaltr, den ham se bei Gnass'ns vercadmiert. Das is günst'chr. Wie's dann ans Bezahln ging, da hab'ch zur Chefin gesagt: „Das hier, das is für meinen Junior, der is in änner Bännnd. Wisst ihr, was änne Bännnd is? Hi-hi-hi-hi … Nu, das is, als wenn ihr's für'n armen Mann macht." Da hat de Chefin gesacht: „Ja, Herr Irmscher, dann nehm' Sie das man so mit …!"

Dass Cadmium ein hochgiftiges Zeug ist, das hatte man damals noch nicht auf dem Zettel. Nun denn – in den Übungsraum unserer Band brachen mal irgendwelche Bagaluten ein und klauten unter anderem den vercadmierten Mikro-Halter. Selber schuld … !

In meinen Bands konnte ich mich noch nicht als Songschreiber entwickeln, obwohl ich am laufenden Band neue Stücke raushaute. Das Publikum wollte die aktuellen Hits zum Tanzen hören. So hielt ich mit meinen Eigenkompositionen vorläufig nur für mich die Kreativität in Gang. Je nun – die Lehre ging dem Ende zu, und mit dem geplanten Studium sollte sich mehr verändern, als wir zunächst dachten.

SUPPR-ULDRA-BRÄZIßCHON MIT VIIIEL WASSR

Unsere Band traf sich zum Üben am Abend meines Berufschultages, dadurch war ich nicht im Betrieb gewesen. Düke, unser Schlagzeuger, begann schmunzelnd zu erzählen: „Heute hab ich gelacht! Kommt der Alte zu mir und sagt: „Harr Bennditz! Genau-genau-genau!!! Lassn S' sich Zeit – lassn S' sich Zeit – lassn S' sich Zeit!!! Und viiiiel Wassr!"

Düke sollte also auf einer unserer alten verschlissenen Maschinen „Suppr-Ultra-Bräzißchon" fertigen – um noch ein Bonmot des Meisters zu zitieren. Wir nahmen solche „geflügelten Worte" gern in unsere Blödel-Sammlung auf. Wollte man im Gespräch ein bestätigendes „Genau" erwidern, feuerte man nun oft mit viel Druck ein „Genau-genau-genau!!!" ab. Und überhaupt – wer hier lernte, der lernte auch Sächsisch. Die Meister-Szenen wollte man bei seinen Freunden schließlich im O-Ton abfeiern.

Mit „viiiiel Wassr" wollte mir Lehrling Wolfgang mal einen Streich spielen. Zur Mittagspause schaltete ich meine Fräsmaschine aus und drehte auch den Kühlmittelhahn zu. Als ich nach der Pause die Maschine wieder einschalten wollte, bemerkte ich, dass der Hahn auf Durchfluss stand. Ich drehte ihn zu, schaltete die Maschine an und drehte nun das Kühlmittel behutsam auf. Hätte ich gleich die Maschine eingeschaltet, wäre mir ein satter Strahl der milchig-weißen Öl-Wasser-Emulsion auf den Blaumann geschossen. Da sah ich, wie Wolfgang schelmisch grinsend „Mist!" zischte und mit erhobenem Zeigefinger verkündete: „Niwahr – und viiiiel Wassr!" Von wegen „viel Wasser" – den Streich hatte ich ihm verpatzt …!

Ein paar Wochen später: „Suppr is guud, Suppr-Uldra is bessor – hi-hi-hi-hi!" Lehrling Joachim kriegte sich nicht mehr ein: „Weißt du, der Alte heute zu mir: Suppr is guud – Suppr-Uldra is bessor!" Einen Kollegen nach dem anderen „erbaute" er mit dem Spruch, den der Meister ihm für seine heutiges Tagwerk verkündet hatte.

Nun denn – die Super-Ultra-Präzision … mit guten neuen Maschinen wäre das kein Problem gewesen – aber auf unseren alten Schleudern … ?! Mein Opa hatte die meisten Anfang der Fünfziger Jahre auf Auktionen ersteigert, auf denen die Ausrüstung pleitegegangener Firmen unter den Hammer kam. Man sah ihnen an, dass der Zahn der Zeit schon ausgiebig an ihnen genagt hatte …

Wir konnten mal was „Erbauendes" brauchen. Wir – das waren der Meister, sein Schwiegersohn Günther, zwei Kollegen aus dem Betrieb und ich. An einem Sonntag fuhren wir im Mercedes des Meisters nach Hannover zur Werkzeugmaschinen-Messe. Fräsmaschinen, Drehbänke, Schleifmaschinen, Bohrwerke und vieles mehr gab es zu bestaunen. Besonders begeisterten uns die Werkzeugautomaten, die mehrere ganz verschiedene Arbeitsgänge hintereinander ausführten, auch Drehbänke und Fräsmaschinen, die blitzsauber auf Hundertstel Millimeter genau arbeiteten, so dass man sich bei vielen Werkstücken das Schleifen sparen konnte.

Als ich am Montagmorgen zur Frühstückspause ins Büro kam, schwärmte ich meinem Großvater vor, was ich auf der Messe alles gesehen hatte. Er blickte mürrisch vor sich hin und sagte nichts. Ich sprach von etwas, das Geld kostete …

CHEFSACHEN – KLÄFF-KRACHEN

Ein Donnerstag Ende Juni 1969. Alois, genannt Ali, der Mann für's Grobe, schliff gerade einen Nähmaschinenkopf – ein Maschinengehäuse – zurecht. Da kam mein Großvater durch die Tür vom Teilelager zum Unteren Saal und sagte: „Harr Meller, machen Sä mir mal zehn Fußpedale fertch. Ich brauch die sofort." Offensichtlich hatte mein Opa gerade eine eilige Bestellung herein gekriegt.

„Alles klar, Herr Irmscher", erwiderte Ali, stellte den Nähmaschinenkopf an die Seite und nahm sich die Fußpedale vor.

Da rumpelte der Meister die Treppe vom oberen Saal herunter, sah, dass Ali sich nicht mit den Gehäusen beschäftigte und kommandierte: „Ali, du machst die Maschinenköppe fertch und nüscht anneres!"

Darauf mein Großvater: „Ä!! Die Pedale müssen heute naus!"

Ali stand an seine Werkbank gelehnt da und stöhnte mit verzweifeltem Gesicht: „Ja, was soll ich denn jetzt machen?! Der eine will dies, und der andere will das …"

Ich arbeitete an einer der Drehbänke und kriegte den Streit der beiden Chefs mit. „Können die sich nicht abstimmen?!" dachte ich. Mein Opa war zwar der oberste Firmenchef, aber er, der Kaufmann, konnte nicht einfach seinem Fertigungsleiter in dessen Zuständigkeiten rein-

regieren. „Und in diesen Laden soll ich später einsteigen …
?!" schlich es mir durch den Kopf. „Ich glaub, ich mach
mir mal 'n paar eigene Gedanken!" Der Freitag kam und
mit ihm das Wochenende. Am Montag wurde ich magen-
krank – bis Freitag – da fuhr ich los in meinen ersehnten
England-Urlaub.

Ich besorgte mir schnell noch einen Beratungstermin beim
Arbeitsamt. Dabei erfuhr ich von einem neuen Studiengang,
dem Wirtschaftsingenieur – halb Maschinenbauer und halb
Betriebswirt. Das gab es damals in München, Karlsruhe
und Saarbrücken. Und das klang interessant. Vielleicht,
weil es so weit weg von Mölln stattfand …

PAUKENSCHLAG ZUM ABSCHIED

Zum Schluss gab es noch einen Paukenschlag. Freitag, neunzehnter September 1969: Ich stand im Unteren Saal neben einer Drehbank, an der ein jüngerer Lehrling einen Senker – sowas wie einen zweistufigen Bohrer – anfertigte. Eine raue Fläche war noch zu glätten. Anschließend sollte ich das Spezialwerkzeug weiterbearbeiten. Da kam der Meister mit seinen zwei Metern mal zwei Zentnern um die Ecke gerumpelt. Er warf einen kurzen Blick auf unser Werkstück, schubste dann, wie so oft, mit seiner Leibesfülle den Lehrling von der Drehbank weg. Er stoppte die Maschine, spannte das Teil aus und drückte es mir in die Hand. Mir schwoll der Kamm. Musste der Alte den Lehrling rumschubsen – ihm zeigen: „Du bist nichts – ich kann mit dir machen, was ich will!"?! Der Senker würde auch mit der rauen Fläche funktionieren, aber geglättet war es fachmännisch ausgeführt.

Mich stach der Hafer. Ich gab dem Lehrling den Senker und sagte: „Kannst du bitte noch die Fläche hier glätten?" Worauf der Meister mich anschnauzte: „Hau ab!!!" Jetzt war mir alles egal. Den Facharbeiterbrief hatte ich in der Tasche – mir konnte nichts mehr passieren. „Was is'n das für'n Ton?!" gab ich dem Meister zurück. Fassungslos starrte er mich an, sein rechter Arm holte nach hinten aus, als wollte er mir eine runterhauen. Er besann sich eines Besseren, und fauchte: „Was erlaubst'n du dir?!!!" Ich sagte: „Ich lass mich nicht von dir beleidigen! Die Würde von jedem Menschen ist unantastbar laut Grundgesetz!" Nach ein paar wechselseitigen Verbalschlägen stapfte er in den oberen Saal. Ein jüngerer Lehrling kam zu mir und drückte mir fest die Hand.

Ich ging ins Büro und sagte zu meiner Mutter, die die Personalangelegenheiten regelte: „Ich komm nicht mehr in den Betrieb; der Meister hat mich beleidigt". „Das kannst du nicht machen!" entgegnete sie. „Dein Lehrvertrag läuft bis Ende September!" „Du kannst mir die restlichen Tage vom Lehrlingsgehalt abziehen, aber ich komm hier nicht mehr rein!" erwiderte ich.

Als ich am Nachmittag im Betrieb meine persönlichen Sachen einsammelte, giftete mich der Meister an: „Mir ham das hier offgebaut für dich, dass dä's ämal bessr hast!" Ich giftete zurück: „Das gibt dir nicht das Recht, mich zu beleidigen!" Meine ebenfalls anwesende Mutter überschüttete er mit Vorwürfen wie: „Nu, Käthe, da siehste, was dei Jung für änner is! Da haste verpasst, dem mal richtch zu zeichn, wo's langgeht!!!" Dass sie mit hängendem Kopf schweigend dastand statt mich zu verteidigen, stieß mir in dem Moment übel auf. Andererseits fühlte ich mich stark genug, mich selbst zu wehren. Und es blieb dabei: Ich ging nicht mehr in den Betrieb. Meine letzte Woche in Mölln hatte ich frei.

3. WEG UND HIN
1970 – 1992 NACH DER LEHRE

Ruhrpott – Frankreich – schließlich Bayern
suchend durch die Großstadt eiern
wo es einem ziemlich blinden
Huhn gelingt, ein Korn zu finden
wo im Kleinkunstbrettl KEKK
ich, was in mir steckt, entdeck
Nähmaschin'n und Mölln weit weg
dort in München läuft mein Laden
knie mich rein nach Stich und Faden

FLÜSSIGES EISEN UND FLIEßEND FRANZÖSISCH

Montag, den 29. September 1969 am Bahnhof Mölln. Der Zug nach Lüneburg hält. Ich umarme meine Mutter, dann steige ich ein. Es geht nach Ennepetal im Ruhrpott zum Gießereipraktikum. Dies hätte ich für das Maschinenbau-Studium gebraucht. Vier Wochen später würde ich Troyes ansteuern, und dort vier Monate bei Firma Vitoux arbeiten, um wie schon zwei Jahre vorher mein Französisch aufzupolieren. Gut zwei Wochen vor meinem zwanzigsten Geburtstag verlasse ich mein Groß-Elternhaus.

Während meiner Zeit in Frankreich entscheide ich mich: Ich will in München Wirtschaftsingenieur studieren. Meine Mutter organisiert den Studienplatz und ein möbliertes Zimmer für mich. Im Februar 1970 kehre ich nach Mölln zurück und steige zwei Wochen später gerne in den Zug nach München. Hier bin ich raus aus der angespannten Atmosphäre zu Hause, wo mein Großvater nur sparsam mit mir redet – noch wegen des Krachs mit Meister Müller am Ende meiner Lehre.

Während ich mich in München durch mein erstes Semester wühle, zieht in Mölln der Betrieb um in die Industriestraße. Wenn man mit der Bahn nach Süden fährt, sieht man das Gebäude. Hier gibt es reichlich Platz, und alles liegt auf einer Ebene.

Glücklicherweise hat sich die Missstimmung bis zu den Sommer-Semesterferien gelegt. Ich absolviere da in der Nähmaschinenfabrik ein Büro- und Betriebsorganisationspraktikum. Dabei verstehe ich mich mit dem Meister ungewohnt gut. Und die Lehrlinge berichten mir, dass er seit meinem Weggang respektvoller mit ihnen umgeht.

MÜNCHENER FREIHEIT

Das Studium fühlte sich zuerst wie die Berufsschule an mit dem Unterschied, dass wir mathematische Formeln nicht auswendig lernten, sondern sie logisch ableiteten – eine gute Denksportveranstaltung. Ziemlich bald fing, ohne dass ich es gleich merkte, die „Ausbildung" in meinem „eigentlichen Beruf" an.

Eine Freundin nahm mich mit in eine Kleinkunstbühne, und bald trat ich dort allein und mit eigenen Songs auf. Reinfälle und Abstürze pflasterten den Weg, aber was soll's – so lernte ich dazu. Nach einem Jahr entdeckte ich das Schwabinger Studentenbrettl KEKK, „Kabarett und engagierte Kleinkunst", wo ich regelmäßig auftrat und nach ein paar Monaten ins Leitungsteam aufgenommen wurde. Bald konnte ich von meinen Musikeinnahmen leben – und Mölln war sehr weit weg!

Nach meinen Erfahrungen mit Missmanagement und Existenzängsten im großväterlichen Betrieb war ich schon in Mölln aus dem konservativen Fahrwasser der Familie ausgeschert und hatte mich mit linken Ideen angefreundet. Ich stellte mir eine Wirtschaft mit viel Mitsprache der Belegschaften und einen schonenden Umgang mit der Natur vor. Weniger Aufwand sollte mehr Komfort bringen, und mit gut ausgebauten öffentlichen Verkehrsmitteln und viel

Autoverleih sollte eine bessere Mobilität erreicht werden als mit stinkenden, lärmenden Blechlawinen.

Mit einer diffusen Vorstellung von Sozialismus trat ich in meinem zweiten Jahr in München in die SPD ein. Im Grunde war ich in keiner der damals angebotenen politischen Richtungen zu Hause, und unternehmerisches Denken, wie es zum Führen eines Betriebes notwendig gewesen wäre, war mir fremd.

1971 in der Bretagne

„SON PROPRE EMPLOYÉ"

Mein Großvater hatte ab zu kleine Aufgaben für mich. Er ließ mich Nähmaschinenteile zu Leuten bringen, denen er sie auch auf normalem Wege hätte schicken können. Einmal sollte ich mich um einen säumigen Zahler kümmern, der sich in ein entlegenes Dorf im schwäbischen Teil von Bayern verkrochen hatte.

Ich fand auch hin nach Haslangkreit, wo die Kinder des Schulden-Jongleurs vor der Tür saßen und selbstverständlich ihren Vater verleugneten. Neben ihnen hockte eine knurrende Bulldogge – zwar an der Kette – aber die konnte man ja bei Bedarf lösen ... Mein Opa wollte das Geld für ein Inkasso-Unternehmen sparen und schrieb lieber moralisierende Briefe an die schrägen Vögel unter seinen Kunden ...

Derweil hatte man in Mölln einen Fotografen zur Nähmaschinenfabrik bestellt, der ein paar Aufnahmen für PR-Zwecke machen sollte. Die Belegschaft stellte sich auf zum Gruppenfoto – nur der oberste Chef und Namensgeber der Firma fehlte noch.

Günther, „der Mann für alles" ging ins Büro, ihn zu holen: „Baul, komm ämal mit naus; mr ham än Fotografn da!"

Paul Irmscher: „Ä! 'ch hab kenne Zeit – 'ch muss arbeitn!"

Hierzu passt ein Dialog, den ich 1968 aufschnappte. Ein Kunde aus Griechenland besuchte uns für ein paar Tage. Wir unterhielten uns mit ihm auf Französisch. Eines Morgens kam er ins Büro und begrüßte meinen Großvater mit einem scherzhaften „Bonjour, Monsieur le Directeur!" worauf „le directeur" erwiderte: „Non, mon propre employé!" („Nein, mein eigener Angestellter ... !!!")

70-iger Jahre - die Belegschaft im neuen Betrieb

LIEBLINGSFEINDE UND VERFITZTE FÄDEN

Frühjahr 1973 – ich war graduierter Wirtschaftsingenieur und fand eine Stelle als Export-Sachbearbeiter bei der Münchener Medizin Mechanik, die Sterilisatoren für Krankenhäuser herstellte. Richtige Büropraxis fehlte mir – die holte ich mir erst in diesem Job. Ich begriff nur sehr langsam, worauf es ankam. Kaufmännisches Denken war mir fremd, und ich fühlte mich rundum unwohl mit meiner Arbeit. Nach zweieinhalb Jahren kam ich mit der Büroorganisation und den damit verbundenen Arbeitsabläufen klar, hatte mir aber meinen Ruf in der Firma schon versägt. Der Typ Mensch, der in der Vertriebsabteilung arbeitete, lag mir auch nicht besonders. Im Grunde war ich erleichtert, als die MMM mich rausschmiß. Eine Firma selbst zu leiten konnte ich mir nicht recht vorstellen. Nach einem Monat Arbeitslosigkeit bot mir mein Vermittler an, sein Kollege zu werden. Ich sagte zu, und zum ersten Mal in meinem Berufsleben ging ich gerne zur Arbeit. Menschen zu beraten, ihnen aus einer Krise herauszuhelfen, das lag mir. Und last but not least lieferte mir der Job reichlich Stoff für neue Lieder.

Für die SPD engagierte ich mich immer weniger, stattdessen immer mehr in Bürgerinitiativen. Dabei lernte ich einige DKP-Genossen kennen, die ich sehr konsequent, sehr klar und persönlich sympathisch fand. Mit der DDR, die von ihnen hochgehalten wurde, hatte ich meine Schwierigkeiten. Ich wollte mehr über diesen Staat wissen, mir mein eigenes Bild machen. Mittlerweile konnte man als Westdeutscher dorthin reisen – mit Einladung und Visum, und da viele unserer Verwandten dort wohnten, bat ich meine Oma um ein paar Adressen und nahm Kontakt auf.

Im Sommer 1975 besuchte ich Verwandte in Ost-Berlin, und in Sachsen. In der Mittweidaer Straße in Burgstädt sah ich auch die frühere Wirkungsstätte meines Großvaters, die jetzt „VEB Nähmaschinenwerk Burgstädt" hieß. Oben am Giebel hing noch das Firmenlogo der „ICo", der Ernst Irmscher & Co. Spezial-Nähmaschinenfabrik, an der mein Großvater zur Hälfte beteiligt gewesen war, bis er 1949 eingesperrt und enteignet wurde. Sein älterer Bruder Ernst, der Burgstädter „Meester" blieb von strafrechtlichen Machenschaften verschont. Er konnte seinen Anteil am Betrieb behalten, durfte aber nicht mehr dort arbeiten. Sein Sohn und Mitinhaber Walter fürchtete, verhaftet zu werden und floh in die Bundesrepublik.

Und nun – 1975 – sammelte ich meine Eindrücke in der DDR. Es ging geruhsamer zu als bei uns. Man brauchte deutlich länger als im Westen, um einen Hundertmarkschein klein-zukriegen. Unter anderem Lebensmittel und Restaurantessen waren subventioniert.

Zunächst fand ich, dass es nicht so schlimm zuging, wie von unseren westdeutschen Medien behauptet. Doch auf die Dauer ließ sich nicht übersehen, wie an vielen Häusern der Putz bröckelte, wie oft man durch Schlaglöcher rumpelte, dass es an frischem Gemüse wie an vielem anderen mangelte, und dass all diese Mängel in Zeitung, Radio und Fernsehen nicht vorkamen.

Die Verwandten erzählten auch von unsinnigen zentralen Vorgaben an die staatlichen Betriebe, dazu einem aufgeblähten Berichtswesen, in dem gelogen wurde, dass sich die Balken bogen – nach dem Motto: „Was du nicht schaffst, das schafft der Bleistift". Da gingen viele verständlicherweise sehr unmotiviert zur Arbeit. Hässliche Dinge gab's – ein Onkel saß in den 1950ern aufgrund einer Denunziation völlig unschuldig acht Jahre im berüchtigten Knast in Bautzen. Und statt dass sich die Staats- und Parteiführung entschuldigt, Entschädigungen gezalt und das Unrecht aufgearbeitet hätte, wurden die Geschädigten zum Schweigen verpflichtet.

Mit den Einblicken ins sozialistische Leben hätte ich Grund genug gehabt, nicht in die Kommunistische Partei einzutreten, deren unkritische Haltung zur DDR mich störte. Aber in meinem Unterbewusstsein liefen wohl Dinge ab, die ich damals nicht verstand. Das Gebräu aus Existenzsorgen und maßloser Enttäuschung über meinen Großvater, von dem ich mich beruflich desorientiert und in kleinkarierter Erbsenzählerei verheizt gefühlt hatte, dies Gefühl von Verlassensein, das mir in seinem Ausmaß damals nicht bewusst war, trieb mich zu seinen Lieblings-Feinden als neuer sozialer Heimat. Das Autoritäre an der DDR zog mich schlafwandlerisch an. Ich war es von zu Hause gewohnt. Es fiel mir erst 1989 auf, als es sich unübersehbar disqualifiziert hatte. Damals verließ ich die DKP und bin seitdem keiner Partei mehr beigetreten.

Zu 1975 fällt mir noch ein Dialog zwischen meiner Tante Irmgard und ihrem Bruder Martin ein, von dem sie mir schmunzelnd berichtete. Sie: „Nu, dor Glaus is ä Gommunist gewordn." Er: „Nu, wenn'r beim Ongl Baul gelernt hat, dann isses kee Wundr!"

ONKEL MARTINS LEERJAHRE

Bei mir zu Hause war viel die Rede von den „Kannelschen", unseren Lieblingsverwandten, der Familie von Lina, der Schwester meines Großvaters. Sie wohnten im Dorf Kändler bei Chemnitz, im Volksmund „Kannel" genannt. Linas Töchter Ilse und Irmgard, letztere mit ihrer Tochter Regina, hatten uns in den 1950iger Jahren in Mölln besucht. Ab dem dreizehnten August 1961 war dann Schluss mit Besuch aus der DDR. Im Sommerurlaub 1975 fuhr ich zum ersten Mal nach Sachsen, und lernte endlich die Kannelschen persönlich kennen. Mir dämmerte, was ich als Kind und Jugendlicher verpasst hatte, weil ich von diesen lieben Menschen durch politische Umstände getrennt war. Automatisch sächselte ich wie sie, und es fiel niemandem auf.

So lernte ich auch Onkel Martin, Linas Sohn kennen. Wie ich hatte er bei meinem Großvater – „beim Ongl Baul" – Maschinenschlosser gelernt, wenn auch im Vorgänger-Betrieb in Burgstädt. Ich schilderte ihm, wie ich in meiner Lehre wochenlang Teile entgratet oder Werkstücke auf der fertig eingestellten Maschine nur ein- und ausgespannt hatte. Ich war mir wie ein billiger Hilfsarbeiter vorgekommen, und mir graute vor der Gesellenprüfung.

„Nu, bei mir war's genauso," sagte mein Onkel, und erzählte von einer noch leereren Lehre als meiner. Auch er

125

hatte die Gesellenprüfung gefürchtet, sich aber dann seinem Vater anvertraut. Der knöpfte sich seinen Schwager vor: „Baul! Wenn mei Jung durch de Prüfung fliegt, dann sehn mir uns vorm Gericht wiedr!" Das saß. Damals mussten Lehrlinge nur ein im Lehrbetrieb gefertigtes Gesellenstück abgeben und brauchten nicht in einer überbetrieblichen Werkstatt ihr Können zu zeigen. Der ganze Betrieb arbeitete nun an Martins Prüfungsarbeit, und er bekam seinen Facharbeiterbrief. Er erzählte weiter: „Nu, dar Gesellnbrief hat mir ni viel genützt, weil ich konnte ja nüscht. Bei dem Betrieb, wo'ch mich dann beworbm hab, da hab'ch gesacht: „Lasst mich erschtämal für'n halbm Lohn arbeiten, bloß dass'ch was lern!" Das ham die ooch mitgemacht, und so bin'ch off de Fieße gekomm'."

Martin kannte auch den Müller-Herbert, den Möllner Meester, der im Burgstädter Betrieb gelernt und sich zum Meister qualifiziert hatte. Ich schilderte ihm, wie dieser an den Werkzeugmaschinen die Drehzahlen umstellte, dass es nur so krachte. Martin grinste und sagte: „Nu, das hat'r frieher ooch so gemacht … !"

Die Fabrik in Burgstädt 1975

DER SONNTAGSBRATEN

Bei meinem Besuch in Kändler 1975 hörte ich auch diese Geschichte von meinen Großeltern aus Burgstädt um 1930:

Auf Gertruds Stirn schoben sich die Sorgenfalten zusammen. Für Sonntag zum Mittagessen hatten sich Lina und Ernst, die Geschwister ihres Mannes, mit Ehepartnern und Kindern angesagt. Paul, ihr Mann, hatte ihr das Haushaltsgeld wie immer äußerst knapp bemessen, und jetzt sollte sie einen festlichen Sonntagsbraten auf den Tisch zaubern …

Sie dachte kurz nach, dann sagte ihr entschlossener Blick: „Ja, das ist auch gutes Fleisch, selbst wenn es den Ruf eines Arme-Leute-Essens hat! Mit der richtigen Soße merkt man's kaum!"

Es wurde Sonntag. Drei Familien saßen bei Paul und Gertrud um den großen Tisch. Alle taten sich etwas auf den Teller und begannen zu essen.

Pauls älterer Bruder Ernst – dor Meester – führte ein Stück Braten zum Mund, biss hinein und erstarrte. Im nächsten Moment spuckte er das Stück Fleisch zurück auf den Teller, ließ Messer und Gabel herunterfallen, stand auf, griff unter den Teller, hob ihn hoch und donnerte: „Nu, verdammich noch ämal!!!" Bei diesen Worten knallte er den Teller mit Wucht auf den Fußboden. „Da hat mr änn

Betrieb mit sechzch Leutn, und dann soll mr Pferdefleesch frassn!!! Jetzt geh'ch in de Wirtschaft und bestell mir was Richtches!!!", rief's und verschwand durch die Zimmertür, die er hinter sich zuknallte.

HIN ODER WEG?

Als ich im Frühjahr 1976 kurz in Mölln zu Besuch war, sprach mich Meister Müller an: „Klaus, mir müssen jetzt mal wissen, ob du de Firma übernehmen willst oder nich. Egal wie du dich entscheidest – 's is in Ordnung". Er sagte es in einem freundlichen, verständnisvollen Ton. Meine Mutter fragte mich im gleichen Sinne.

Bei dem Gedanken den Betrieb zu leiten, merkte ich gleich: Ich fühlte mich überfordert – nicht auf diese Aufgabe vorbereitet – und bei Lichte besehen interessierten mich Nähmaschinen kaum. Lieder zu schreiben sah ich eher als meinen Lebensinhalt. Und meine Frau Anschi bekannte als heimatliebende Bayerin: „Drob'm bei de Preißn gfoit's ma ned." (Da oben bei den Preußen gefällt's mir nicht.)

Also verkündete ich bei meinem nächsten Mölln-Besuch: „Ich steige nicht in die Fabrik ein." Mein Opa erwiderte auf meine Absage traurig: „Aber hier ist doch dein Platz!" Er fand sich schließlich damit ab, dass ich es anders sah. Der Meister war zufrieden; er wusste jetzt, woran er war. Dass ich mich so entscheiden würde, hatte er wohl schon länger geahnt.

Er und seine Familie hatten keinen Druck auf seine Enkelin Gisela, die Tochter von Renate und Günther, ausgeübt, im Betrieb zu lernen. Sie verbrachte mal probeweise einen Tag im Büro. Da wurde die Rechenmaschine mit einem abgeschnittenen und zusammengerollten Randstreifen einer Zeitung bestückt, eine umständliche Prozedur, bei der man nur Arbeitszeit verschwendete. Der eine Probiertag reichte ihr. Sie lernte etwas kaufmännisches – woanders.

ROTE ZAHLEN UND RUHESTAND

Zum Ende der 1970er Jahre wurde es in der Fabrik immer stiller. In der Bundesrepublik verschwanden die meisten Textilbetriebe, und für die Neun-Faden-Flachnaht-Maschine gab es weniger aufwendige und wartungsfreundlichere Neuentwicklungen. So fragten die Kunden immer weniger Maschinen nach. 1979 – mein Großvater war mittlerweile 88 Jahre alt – ließen sich die roten Zahlen nicht mehr übersehen.

„'s wird Zeit, dass de dich zur Ruhe setzt. Dor Betrieb macht ja nur noch Verluste!" Tante Elvi redete auf ihren Vater ein.

Der meinte: „Nu, ich kann den Betrieb doch noch als Hobby betreibm …"

Die Tochter wurde immer strenger in ihrem Tonfall: „Du brauchst dein Vermögen, dass de jetzt im Alter was zum Leben hast! In de Rentenversicherung haste nüscht einbezahlt! Und mit'm Betrieb als Hobby, da haste deine Rücklagen schneller verbraucht, als de gucken kannst! Du ziehst dich jetzt aus dor Firma zurück!"

Dem Meister war sowieso nach Ruhestand und Günther Pepperl, sein Schwiegersohn, hatte Interesse, die Fabrik als Ein-bis-Zwei-Mann-Betrieb noch rund zehn Jahre bis zu seiner Rente weiterzuführen. Und so geschah es dann.

Günther baute noch die einfacher konstruierte Häkelmaschine und machte die Service- und Verkaufs-Vertretung für die Firma Singer. Mein Großvater unterstützte ihn anfangs, besonders bei fremdsprachiger Korrespondenz, doch seine geistigen Kräfte ließen immer mehr nach. Nun hatte er etwas, womit er eigentlich nichts anfangen konnte – noch sieben Jahre ganz viel Zeit …

Günther führte sein Ein-Mann-Unternehmen bis 1990. Als er in den Ruhestand ging, verkaufte er es an einen Nachfolger, der nach zwei Jahren den Betrieb aufgab.

FERN VOM FADEN LADEN

eingesponn'n nach Stich und Faden
mir auf's Kreuz den Laden laden
und verfitzt im faden Faden
dann die Schaden-Raten raten
mich nach fremden Strecken strecken
und auf alten Röhren röhren
oder inn're Stimme hören
das, wofür ich brenn, entdecken
mir vom Kreuz den Laden laden
Fitz* entwirr'n nach Stich und Faden
fern vom faden Laden keimt es:
Schöne Töne und Gereimtes

* Gewirr, Tüddel

NACHLESE

Bald nachdem die Ehe mit Anschi auseinandergegangen war, gestand ich mir mein Heimweh nach Norddeutschland ein, zog 1981 nach Hamburg und 1999 wieder nach Mölln. Mit 850 Kilometern Abstand von hier hatte ich meinen Weg gefunden und mir meine berufliche Existenz dazu passend aufgebaut. Im Arbeitsamt München konnte ich mich zum Arbeitsvermittler qualifizieren; daneben blieb mir noch genügend Luft für künstlerische Aktivitäten.

Das Arbeitsamt verließ ich 1986, versuchte, von meiner Musik zu leben, was mal mehr, mal weniger klappte; sammelte Erfahrungen als Praktikumsakquisiteur bei Bildungsträgern, fuhr als Folksänger und Liedermacher durch die Lande – viereinhalb Jahre als Mitglied der Gruppe Liederjan – und bekam 2016 den Kulturpreis der Stiftung Herzogtum Lauenburg.

Was ich in der Nähmaschinenfabrik gelernt hatte, nützte mir als Arbeitsvermittler in meinen Beratungsgesprächen. Zu Hause half es mir, meine Möbel, so wie ich sie brauchte, zu entwerfen und zu bauen. Dank meiner Erfahrungen im Büro konnte ich meinen künstlerischen Papierkram so organisieren, dass ich den Überblick behielt. Im Außendienst trainierte ich mir die Hemmungen vorm Klinkenputzen ab, und unbewusst hatte ich mir schon früh von meinem

Großvater den Klönschnack, die Kontaktpflege mit den Geschäftspartnern, abgeguckt.

„Ganz nebenbei" waren meine Fabrik- und Bürojahre auch ein guter Fundus beim Lieder Schreiben.

Was von der Nähmaschinenfabrik geblieben ist? In den Räumlichkeiten des Vorläuferbetriebes in Burgstädt baute die Firma Joachim Schönfeld einige Jahre lang Spezialnähmaschinen.

Und in Mölln? Den Brunsplatz gibt es schon lange nicht mehr. Anfang der 1970ger Jahre wurden die provisorischen Gebäude abgerissen. Kreuz und quer zu deren Grundrissen stehen heute die gelb verklinkerten Mietblöcke einer Möllner Immobilienfirma. Das neue Fabrikgebäude sieht man nach wie vor von der Bahn aus. Es diente in den letzten Jahrzehnten unter anderem dem Taucherverein und einer Flohmarktfirma als Lagerraum.

Und nun, liebe Leserin, lieber Leser, hoffe ich, ihr hattet Freude am Eintauchen in den Flohmarkt meiner Erinnerungen.

Ganz herzlich danke ich Katharina Kolata für Satz und Gestaltung, für's Korrekturlesen und für ihr offenes Ohr bei meinen Fragen zum Geschichten schichten.

Klaus Irmscher